花園系列1659

葉雙◎著

下堂夫君別生氣

花園文化出版

新月給你八大滿意保證：

風格不拘。我們徵收**羅曼史**、**BL小說**、**輕小說**、**奇幻類**、**驚悚類**、**原創小說**皆可，不用再為你的小說分類，寄來就對。

資歷不限。無經驗可、具經驗者更佳，不分國籍區域，接受海內外來稿，只要是中文創作即可。

審稿不拖。審稿期間三十個工作天〈從收到稿件計算〉，不用哭倒長城、苦苦等。

理由明確。不用擔心稿子一投、石沉大海，無論錄用與否，都能收到通知，退稿單上言明退稿理由、修改方向，讓你再接再厲。

過稿福利。有名有利有贈書，重點是夢想成真，腦海的世界能在書架上呈現。

專業團隊。新月編輯團隊擁有多年編輯經驗，溝通沒問題、企劃沒問題。在新月都是一家人，有任何問題，編編都會親切的回答你。

行銷廣告。人要衣裝、書要包裝，好書也要能被看見！新月有專業完善的行銷廣告企劃，能把作者們的書寶寶推出去。

遠見規劃。誰說寫作不能當飯吃？只要你靈感不斷、有質有量，編輯就能幫助你往名利雙收的專職作家之路邁進。

投稿條件：

稿件單本字數約**7萬字**（實際字數，不含空白），需依小說格式分章節。（不同書系的字數要求會有些微不同，若有疑問歡迎來電或留言版詢問。）

手寫、電腦列印稿郵寄或E-mail皆可。手寫稿以標準稿紙書寫，字跡版面務必清晰整潔、電腦列印稿請用A4版面。稿件務必寫上真實姓名、聯絡電話、地址，並註明「**新月編輯小組收**」。

掛號郵寄：**台北市文山區興隆路二段22巷7弄2號　　新月編輯小組收**。
E-mail：lunate@ms24.hinet.net或edit@crescent.com.tw（以附加檔”.doc”傳送，主旨為「**新月投稿**」）。郵寄稿件請自留底稿，若無採用，恕不退件。需退稿件者請自附回郵。

請尊重著作權，切勿抄襲、轉譯。

還有還有，繪畫高手們，我們也徵封面圖喔！

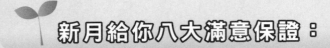

延伸閱讀

◆夏至典藏畫集◆　定價／480元

收錄新月人氣繪者——畢漣老師，出道16年創作之精華，此為畢漣個人第二本個人畫集，內容精選40幅經典之作，包含羅曼史歷年來精彩封面插畫，色彩鮮艷、細膩華美，徹底展現出畢漣個人風格，就如同夏至的陽光，充滿生命力以及對人生的熱愛。

◆夏至回憶の夏圖文集◆　定價／200元

寧靜唯美，又充滿回憶的夏天——夏天結束時總是令人充滿回憶，無須感傷，而是期待下一個夏天的開始。

新月五大名家——寄秋、千尋、綠光、陽光晴子、淺草茉莉，友情跨刀五篇以夏天為題的短篇故事，搭配精選畢漣歷年創作，呈現出不同樣貌但一樣甜美的夏日回憶。

甜檸檬505 畢業後續的戀曲之

米樂《夏天的微風》熱賣中！

那年夏天，他遇見一個女孩，一個影響他很深的女孩。
那年，她總愛到保健室找他，用輕快語調喊他「醫生」，
六年後，她卻一臉困惑的跑來問他：「你認識我嗎？」
他很不甘心，才對她冷淡、說彼此不認識，
怎知她就算頭痛也努力要想起他，為此，他釋懷了。
然而，在他和她交往，決定從現在開始累積記憶時，
他卻發現，她接近自己是有目的的……

※別以為屬於夏天的戀愛故事只有這樣，接下來
還有好幾波夏天的浪潮要朝你襲來，敬請期待——♥

米樂【畢業後續的戀曲之】《夏天的微風》(已出版)
寄秋【畢業前夕的愛語之】《初夏練習曲》
四月 陽光晴子【畢業前夕的愛語之】《絢爛煙花季》
五月 綠光【畢業前夕的愛語之】《螢火蟲之夜》
六月 千尋【畢業前夕的愛語之】《盛夏的旅行》
七月 淺草茉莉【畢業後續的戀曲之】《仲夏夜之舞》

4月 陽光晴子《絢爛煙花季》學園季的煙火下，他交給她襯衫上的第二顆鈕扣，她顫了，這美好將持續在心裡綻放，一如他們的愛情模樣……

5月 綠光《螢火蟲之夜》試膽大會進行時，他用大掌陪伴她加速的心跳聲，她羞了，答應相約再見這為愛而生、質永不滅的螢光……

6月 千尋《盛夏的旅行》海風吹拂的沙灘上，他說她的痣是指引他歸來的北極星，她笑了，決定為他保留著，這依依不捨的印記……

7月 淺草茉莉《仲夏夜之舞》舞會上，他這國王欽點她成為今夜的皇后，她懵了，他那笑容、那吻像是個糾纏的宣告……

CRESCENT 新月文化出版集團www.crescent.com.tw

畢漣X寄秋

2012年3月即將奏出幸福樂章～

透過這畫、這筆、這一個人，我們看到繽紛世界。
民國101年我們懷念、想念她——**畢漣**
為延續她帶給我們的種種美好，
1月，甜檸檬勾心蜜糖**米樂**推出《夏天的微風》後，

暢銷百變天后

寄秋 將以犀利的文字奏出【畢業前夕的愛語】之

《初夏練習曲》

花園1664

原本他是一塊冰，是她用熱情慢慢融化了他，
可就在他以為溫暖如她會一直相伴左右時，
她卻要畢業了，早他一年離開學校，
知道她夢想能優雅地彈琴表演，他也偷偷去練小提琴，
在畢業典禮那一天、禮堂裡，送給她合奏的驚喜，
他為她而改變，但她最愛的這首「淚光閃閃」只是練習，
因為他們之間還有未完的情歌，正要開始譜曲……

那一年我們牽手、我們承諾，接著從友誼畢業……愛情始業～

更多活動詳情及作品介紹，請見新月家族網專屬活動網頁

3/16
動人上市

花園系列 /1657/

[曾經滄海之二]

當年他21還沒當兵，而她才18，是他爸媽的乾女兒，因為是酒後亂性有了孩子被迫娶她，
他總自認為是受害者，結婚八年來不管人家說她多好多賢慧，他都沒感覺。
如今離婚一年了，本以為自己會高興重獲自由，但並沒有，問他究竟要怎樣的女人，
他其實不知道，卻經常想起她，發現她每天都去找兒子唯獨避開他這前夫，他莫名不悅，
聽兒子說她現在自己一個人住，他的心也似乎被螫了一下，可不曉得是湊巧還是怎地，
愈想見她，他就愈是會撲空，想要她的新手機號碼，竟還被兒子警告別去打擾媽媽?!
早熟的兒子說：「爸爸不愛媽媽，但媽媽很愛你。」這話不知為何讓他心痛，
自作孽不可活，他終於明白了，原來，過去他真的擁有過幸福，只是身在福中不知福，
既然她早在他心中生了根，他將盡全力挽回今生的最愛……

經常想到妳

金萱⊙著

花園文化事業有限公司 郵撥帳號：19444630/定價：200元

花園系列 /1658/

[勾妻計之二]

世上哪有管家的女兒像她配合度這麼高的，
為了讓老夫人安心，她還得假扮少爺的女朋友，但這活兒實在不輕鬆，
不僅他企圖弄假成真當她的真男友，連他母親都三番兩次的警告她別妄想高攀，
讓她骨子裡的傲氣迸發，發誓絕不會真的愛上他，哪知她的拒絕反而令他越挫越勇，
甚至糾纏手段功力激增，動不動就藉機偷親她，或者是夜闖香閨想「幹麼」，
但也多虧他這個壞習慣，才能及時發現她生病昏倒在房裡，她醒來後發現，
向來任性妄為的他為了親自看顧她一夜未睡，讓她感動得終於承認，其實她早已愛上他，
為了不讓人說她是愛慕虛榮，她才會拚命否認這個事實，但因為她之前否認得太徹底，
這下她該怎麼向夫人解釋，她已經失守的和少爺「修成正果」了……

情人不配合

艾佟⊙著

花園文化事業有限公司　郵撥帳號：19444630/定價：190元

要幸福喔！
我每天都會看著鏡子對自己說：『要幸福喔！』我相信這樣幸福總有一天會降臨。
怎麼那麼幼稚啊！不過下次妳可以順便說：『希得里也要幸福喔！』我幫妳測試靈不靈。

營造年味

葉雙

天很冷，只想冬眠！

在寫這篇序的時候，剛過年，才吃元宵，但街上已經沒有多大的年味了，昨天走在路上，看到商家在做元宵販售，瞧著那一顆顆渾圓飽滿的元宵，其實小雙雙是有些心動的，可元宵熱量高，隨隨便便一顆就有一卡車的熱量，這讓過個年增肉不少的小雙雙是有些敬謝不敏的，年紀有了，好像隨隨便便吃個東西，熱量就會卡在身上，原本還算勉強及格的身材也開始這多一塊肉、那多一塊油的，讓人好不氣餒。

有時小雙雙想，人啊真是嘴賤，看到東西忍不住地吃，吃了之後又怕在鏡子裡頭瞧見日漸腫脹的身軀，還真應了那句老話，既種了芭蕉，卻又怨起了芭蕉，可偏偏小雙雙生活沒有大的嗜好，唯二的嗜好就是美食和旅行，過個年，小雙雙家的冰箱可是塞滿了平常買不下手的高檔食材，所有的應景零嘴更是個個有來頭，只要好吃的東西，小雙雙向來不惜重金和時間，就算排掉了腿，也要一嚐美味，雙家人和雙家大老爺常笑小雙雙是瘋子，過個年，年貨就塞了滿滿一車，但凡食材、零食、肉乾……等等的東西讓返鄉專車幾乎塞不進去。

有人問雙在這個年代需要這麼誇張嗎？要是真缺什麼，幾個小時不打佯的大賣場，隨時去買了就有，又何必這樣大費周章呢？

可雖然這樣真的很便利，但小雙雙就是覺得這種方式在越發沒有年味的現在，只是讓年過得更沒有感覺，好像過年只是可以休個長假，小雙雙還是喜歡那種過年時，家家戶戶張燈結綵，換貼新春聯，米缸裝得滿滿的，每個人都回家團圓，然後穿新衣帶新帽，什麼都是新的感覺。

今年年假有九天，小雙雙一家人選了個初三、初四和初五出門去了一趟花蓮，沒有選擇去飯店和大家人擠人，反而揹著一堆裝備，走到哪兒便在哪兒搭營過夜的方式旅遊，這種旅遊方式倒讓小雙雙憶起了自己高中時，也是個小小的女童軍，很愛露營。

這樣的旅遊方式完全沒有什麼豪華的裝備，住起來不算舒適，可卻別有一番滋味，人老了，總愛回憶過往，想起了以前年輕時天地不怕，就算深山野嶺，也敢搭起帳棚過上一夜，不似現在總愛擔心東、擔心西的，再也沒有那種天地不怕的心情了，但這樣的滋味偶一回味倒還是真的不錯。

近年來說是不景氣，可是豪華飯店的價錢卻是一年比一年貴，甚至有錢還訂不到，每每讓小雙雙覺得不景氣都是騙人的，後來再一細想，那只怕是貧富差距愈拉愈大的關係，在貧窮線下求生活的人有，而那些願意撒大錢住大飯店的有錢人更是比比皆是，小雙雙不算窮，但卻還捨不得花大錢去和人競爭，可偏偏想玩的因子又總是熱血沸騰，所以只好選擇這樣的方式，又能滿足自己想要趁著連假出去趴趴走，又能稍稍兼顧荷包的心情，總之今年過年連假九天，也真是沒浪費就是了。

今年過年，我家謝老爺沒啥時間陪我，他有許多的責任要盡，倒讓我放牛吃草吃得挺快樂的，去年，總為了他怕的事兒在不開心，今年卻已經顯得有些麻痺了，開始慢慢捨棄等待的心情，自顧自的做些自己的事情，是情轉淡了嗎？小雙雙卻不這麼覺得，只是我和他彼此都在尋找一個我們兩個都可以接受的相處方式，成不成功猶在未定之天，但唯一可以確定的是，小雙雙的心寬了，不再每天鬱鬱不快，甚至有時還覺得獨處的時間不夠我自己安排，這樣的轉變小雙雙自己是很開心的，至少不再將自己的喜怒掛在他人的身上。

人家都說新年新希望，那麼我希望今年的小雙雙可以在生活中的任何事都優游而從容，讓自己過得更加開心，開心是小雙雙在生活上的最高指導原則，你們呢？

你們有什麼新年新希望呢？

歡迎你們可以上網留言，或是來信和小雙雙一起分享喔！

story by. 葉　雙

楔子

懶洋洋地睜開眼，視線一片迷濛，初時還弄不清楚自個兒身處何處。

她深吸了一口氣，只覺得被窩好暖、好香，讓她怎麼也捨不得起身。

賴床對打小便被人遺棄的她來說，壓根就是一種奢侈。

小小年紀的她，就已經知道得要從早到晚不停的幹活，才能吃得飽、活得下去。

難得昨夜可以睡一個溫暖的好覺，因為不知道這樣的美好可以維持多久，所以童靖安雖然在雞鳴之時已經醒了，卻破天荒地賴在軟衾之中，貪戀的怎麼樣也不肯起身。

如果可以，她真想在這溫暖的被窩中躲上一輩子。

「這炎家真好呢！」

雖然還是個娃兒的年紀，可自小就在街上討生活，她懂得當自己隨著義兄繆成載被炎家夫人白鳳仙接入府中，就等於賣身入了炎家。

她與炎家二少將來長大了，可是要成親的。

所以當大哥說，炎家將來就是她的家時，她其實是既興奮又開心的。

雖然對於成親這事似懂非懂，可她終於有家了呢！

開心地左思右想了好一會兒，童靖安那雙骨碌碌的大眼兒疲憊地正想再次闔上，突然間，一陣雜沓的腳步聲竄進她的耳中，那幾乎已溶入骨血的防備之心，讓她倏地又睜開了眼皮兒。

睜眼的同時，一張好看的臉龐驀地映入眼簾。

她何曾如此近距離地瞧著這樣英挺帥氣的小少爺，他那颯爽的英氣和俊逸好看的臉龐，讓她瞧得幾乎癡了，下意識地用稚氣軟嫩的語氣問道：「你是誰？」

不知怎地，她突然希望他就是她未來的夫婿。

「妳就是我未來的娘子嗎？」炎海任的口氣帶著毫不掩飾的嫌惡。

即使她年紀還小也可以聽得出他那極端不悅且鄙夷的情緒，原本的好心情驀地消逝，臉上的笑意淡去，抿唇不語，只是略帶驚恐的凝望著他。

「妳為什麼不說話？」

白鳳仙雖然掌握了炎家大權，可膝下卻無子嗣，只好從族裡挑選三個孩子收為養子養女，他便是其中一個。

雖然不是白鳳仙親生，可炎海任依然算是炎家的二少爺，旁人向來總是對他唯唯諾諾、有問必答，只有她這樣傻愣愣的瞧著他，問話也不答，活像個啞巴似的讓人不耐煩。

「快說，妳是不是我未過門的娘子？」也不知道想逼問出什麼答案來，他只是用似要吃人的眼神瞪著她。

他原先並不介意自己的娘子是誰，反正還沒過繼之前，他家也不過是個三餐僅得溫飽的平實人家，但親娘話語中的氣怒和遺憾，還有孩童們的訕笑，卻讓心高氣傲的他有些無法接受。

於是他怒聲質問著還睡眼惺忪的她，那咄咄逼人的模樣，讓童靖安忍不住瑟縮著身子，完全不知道該怎麼回答。

「妳不說是嗎？」

雖然只是十歲的孩子，可是對嬌小瘦弱的童靖安來說，他就似一座山一般橫在眼前。

他不斷地逼近，而童靖安則是不斷地縮著身子，那嫌惡的眼神與語氣太過傷人，對她來說，現在怒氣沖沖的他，就像一頭隨時會噬人的猛虎，只消嘴兒一張，就能將她拆吃入腹。

因為不想變成別人同情的對象，所以就算眼前的娃兒長得多麼的清靈可愛，他還是不想要她。

身為炎家的繼承人之一，炎海任年紀雖小，體內卻流著不馴與任性的血液，壓根就不願接受白鳳仙趕鴨子上架的安排。

其實，就算今兒個對象不是這個街上出身的乞兒，而是大戶人家的千金，他也會一樣氣憤不平。

他才不管白鳳仙是怎樣苦口婆心地告訴他，這丫頭其實出身不凡，對他未來絕對是個助力。

出身不凡又怎樣，他是個男人，不用靠一個女人為他開疆闢土。

他瞪著她，瞧著她被自己嚇得小身子縮啊縮的，原本氣怒不已的心，倒也添上了些許的愧疚。

不過是個小丫頭，能決定得了什麼事，她其實也是無辜的吧！

大掌驀地探了出去，原意是想安慰安慰被他嚇著了的娃兒，可是手都還沒碰著她，她立刻縮成了一顆球。

那手滯在半空中，好一會兒，才悄悄地放下來，腳跟兒無聲無息地一旋，他便朝著房門走了出去，還不忘回身妥貼地闔上門扉。

抬頭，睜眼，望著他的身影消失在門板之後，一顆隱忍多時的珠淚終於驀地滑落，不過她仍在心裡驕傲地告訴自己——

你放心吧，我絕對不會將自己當成是你的妻子！

大家幫辛苦的作者加加油！
加油！
加油！
加油！
加油！

story by. 葉雙

第一章

渺渺天際，幽深的黑暗逐漸被天邊露出的魚肚白驅逐而去。

童靖安睜著眼看著黑夜與白晝的交替，一夜未眠。

沒有即將嫁為人婦的興奮，那雙帶著濃濃倔氣的雙眸，掃向掛在屏風上的細緻嫁衣，一股子的抗拒便打心裡瀰漫開來。

她不想嫁，真的不想。

可她的心裡也很清楚，就算再不想嫁，今兒個這個堂也是拜定了。

當年入府之後，她可是與精明的炎老夫人打了合同的，及笄之後她就得無條件嫁入炎家為媳，若毀約不婚，不但要賠償炎家所有花在她身上的銀兩，還得淪為奴婢償債。

所以她不能不嫁。

「靖安，妳起身了吧！」

「嗯，慕真姊姊，進來吧！」聽到解慕真的聲音從門外傳來，童靖安深吸了一口氣，然後低聲應道。

她的話音剛落，原本闔著的房門也被推了開來。

解慕真一步入小廳，就見童靖安眼眶下的暗影，心中驀地浮現濃濃的不捨。

若說這世上有誰真的了解童靖安，非她莫屬。

她們都是從小被拋棄、在街上流浪的孩子，她虛長了靖安一歲，便將她當成親妹子一般的疼愛。

兩人當初一同跟著繆大哥進了炎府，不但是姊妹，也是將來的妯娌，因為等靖安成親之後，再不久就換她與炎妙槐成親了。

「丫頭，昨夜沒睡好嗎？」

因為兩人的感情極好，解慕真說起話來也不拐彎抹角，如此開門見山的詢問，讓童靖安就算想要隱藏情緒都難。

「嗯！」童靖安沒有費勁掩飾自己的不安與惶恐，輕輕地點了點頭。

「今兒個就要成親了呢！」望著她一臉黯然，解慕真就像個溫柔的姊姊，帶著笑容伸手揉了揉她的頭，輕聲說道。

「是啊。」幽幽一聲長嘆，童靖安蒼白的臉龐驀地浮現一絲苦笑，渾身上下哪有半點新嫁娘該有的喜悅。

向來堅強的她，難得流露出一抹軟弱，輕輕偎進了解慕真的懷裡，希望能汲取一些勇氣，好讓她可以面對接下來的人生。

如果人生可以重新選擇，她寧願自己不曾隨著大哥走進炎家，雖然這些年，炎家給了她錦衣玉食的生活，可卻也用那些禁錮了她的一生。

可偏偏人生從來就沒有重新選擇的機會。

「傻丫頭，妳當真那麼不想嫁嗎？」

童靖安難解的心結，她其實是一清二楚的，對於炎家這人人稱羨的二少夫人之位，她向來是敬而遠之，若不是人在屋簷下，不得不低頭，只怕靖安這丫頭會有多遠便走多遠，逃到炎家再也找不著之地。

「嗯，當真不想嫁。」她毫不猶豫地點著頭。

不想嫁是因為初進炎府時，炎海任那一記下馬威，更是因為身在炎家，將他的不羈與狂傲都瞧在眼底。

她想要的是一個真意真心疼寵她，為她頂下一片天的男人，而炎海任卻不是那種性子。

這幾年來，炎海任的紅顏知己還少了嗎？

思緒百轉千迴，她靜靜地由著解慕真為她梳攏如黑緞般的髮絲，透過銅鏡的反射，她看著她為自己結上華麗的髮髻，接著別上那些做工精緻的玉簪和金步搖，那細細的妝點讓她成了個美豔無雙的新嫁娘，可她卻覺得這樣妝扮的自己陌生極了。

放下手中的玉梳，解慕真不語地瞧著童靖安一臉的不鬱，深吸了一口氣，就算知道自己不該這麼說，卻還是忍不住開口——

「既然如此，趁現在還來得及，妳快快離開吧！」

「離開……」

聞言，童靖安原本一片死寂的眸子瞬間閃耀出希望的火花，可隨即又滅去。

如果能這樣輕易就離開，她早就離開了，雖然這幾年她們姊妹倆在炎家看似自由得很，可是她知道精明無比的炎老夫人，早就在周遭安插了許多眼線監視著她們的一舉一動。

她若真這麼做，只怕不到半日，就會被人給逮回來，況且當初是她自願和繆大哥、解姊姊一起賣身給炎家，也承了炎家的恩，姑且不論老夫人的掌控，就說她走了之後，炎家一定會怪罪於他們，她不能為了一己之私，連累到他們。

「我不能走！」

「為什麼不能？妳不是很不樂意嫁給二爺嗎？」

原以為童靖安會迫不及待地接受她的建議，她這會如此堅定的拒絕，讓解慕真姣好的臉龐流露出濃濃的不解，連忙問道：「妳是不是擔心出了府之後的生活？」

「誰擔心那個呢！」童靖安自信地勾唇一笑。

如果她還是個不滿十歲的娃兒，或許還會擔心沒飯吃，可在炎家的這幾年，她旁的或許沒學會什麼，但經商之道卻學了幾分，甚至還偷偷積攢了一些銀子，圖得便是有朝一日若真能如願離開炎家，她便可以自給自足，不需再仰人鼻息。

「既然如此，為何不走？」

話音方落，門外驀地響起了人聲，解慕真更加心急。現在不走，將來便走不了了。

「因為我不能連累妳和大哥。」

不是沒想過離開，只是她思來想去，現在離去不但陷姊姊和大哥於不義，就說她自己也不願像隻四處躲藏的耗子般生活著。

她要走，就得要光明正大的走，而且她連後路都想好了，只是還沒找著機會可以讓炎海任也順著她的意做事。

所以她得等……等著一個機會。

「妳不用擔心我們，就算妳走了，我和大哥一樣可以在這兒過得很好。」

按下心頭的不捨，解慕真揚起一抹鼓勵的笑容，從袖裡拿出一個小小的包袱遞給她，說道：「這是我和大哥的一點心意，妳向來聰慧，我相信只要有了這些，妳絕對可以為自己創造出一片天。」

聽聞，童靖安只是淡淡的揚起一抹笑，緩緩地搖了搖頭，將東西推了回去，同時也拂去心頭的渴望，堅定地說道：「不，我不走。就算要走，也得光明正大的走！」

光明正大的走？

解慕真的眼光帶著濃濃的不解，直勾勾地望著童靖安，完全不懂她在想些什麼。

她著急的開口再勸，可是無論她怎麼追問，童靖安卻不再開口說話，只是一逕地瞪著房門，彷彿在等待什麼似的。

✿ ✿ ✿

朝陽終於初露曙光，天際泛起了陣陣紅光。

炎家一向紀律嚴謹，下人們早已如常開始一天的活兒，更何況今兒個是二少爺的大喜之日，沒有人敢有所怠慢。

門外陸陸續續傳來了人聲，解慕真因此停了勸說的口，因為離去的時機已過。

童靖安仍安靜的等待著，甚至主動起身取來喜服，緩緩地套上了身。

「靖安……」

解慕真還在猶豫著該不該開口，突然間一陣雜沓的腳步聲在門外不遠處響起，與這個聲音同時揚起的，還有童靖安臉上一抹安心的笑容。

「終於還是來了！」

那腳步聲她不會錯認，因為整個炎府會踩踏出這麼毛躁腳步聲的人只有他——她即將拜堂的夫婿。

「慕真姊姊，相信我，就算我不離開，也不會屈服於命運之下。」突然，她眺眼望向解慕真，這樣說道。

「可是……」

瞧著她那滿身的自信，解慕真依舊不放心，可連串的敲門聲卻讓她將到了舌尖的話又吞了回去。

「童靖安，開門！」

粗魯的敲門聲驀地響起，童靖安輕輕拍了拍解慕真發涼的小手，然後緩緩走向門前，連問清來人都沒有，就一把拉開了門。

身著紅蟒袍，挑著一對飛揚入鬢的劍眉，炎海任俊逸的臉上掛著一貫的朗笑，大剌剌地衝到童靖安的身側。

還不等他開口，童靖安已經先一步開口問道：「你有麻煩了？」

「妳怎麼知道？」

「你一向無事不登三寶殿，若非有了麻煩，怎會在咱們成親之日打破未拜堂時新人不得相見的傳統，跑來我的小院。」

「妳……」炎海任聽出她話中的譏諷，原本掛著的朗笑驀地淡去幾分。

「說吧，有什麼事？」

將他一閃而逝的怒氣瞧進了眼底，可童靖安卻不在乎，語氣依舊清冷。

「我——」

深吸了口氣，嚥下心頭的不悅，他原要開口，眼角瞥見站在一旁的解慕真，驀地又住了口，若非不得已，他今天不會走這一趟，他有他的驕傲，不願在旁人面前示弱。

見狀，蕙質蘭心的解慕真立即開口說道：「靖安要成親的妝容也打理得差不多了，我先回房了。」

才因為解慕真的上道而略略鬆了鬆緊皺的眉頭，誰知道童靖安彷彿就是不想讓他好過似的又說道——

「我的事，慕真姊姊每樣都知道，不必迴避。」

「妳……」氣極了，這女人就是不能讓他順心一些嗎？」

炎海任盛怒，但童靖安才不搭理，自顧自地回過身，怡然地攬鏡自照，假意為臉上的妝容做最後的確認。

瞪著她纖細的身影，炎海任幾乎要把牙給咬崩了，可是一想到尋上門來的麻煩，也只能默默承受，說道：「是……就是側門那兒有個女人大著肚子找上門來了！」

童靖安這幾年在炎家也不是白待的，小時候怯懦的個性，早已讓如今的冷靜自持、思慮周密給取代了。

「是你的孩子？」

她冷靜的樣子，絲毫不像是在和即將拜堂的夫君討論私生子的事兒一般。

「不是！」他想也不想立刻搖頭，那雙深邃的眸子一片清明，看不出半絲心虛。

「若不是，將那人轟出去便是，難不成你忘了今兒個可是咱們的成親之日？」

她冷哼一聲，顯然不太相信他的說辭。

他本來就是個不定性的男人，公子哥兒氣十足，會招惹出這種事，她其實並不覺得太過驚訝。

「那是因為、因為……」迎著她的冷眼，向來辯才無礙的炎海任竟然一時語塞，吞吞吐吐了老半天，還是說不出個所以然來，最後只能咬牙問道：「妳真的不幫我嗎？」

如果可以這麼簡單就打發，他需要這麼急匆匆的來找她嗎？

那女人算準了今日是他的大喜之日，才會特意前來鬧事，就是吃定他不能在眾多親朋好友面前失了面子。

要是這事傳到老夫人那兒去，他就真的糟了。

這思來想去的，他只能來找她，以她的手腕和身分，他相信她能解決的。

「我為何要幫你？」童靖安冷冷地反問。

他們雖然是必然的夫妻，可一直以來都過著井水不犯河水的生活。

兩人之間徒有名分，實無感情，他在成親之日鬧出這種事來，她都還沒朝他討個公道，他又憑什麼要她幫他？

天底下，從來沒有白吃的午餐。

就像她為了三餐溫飽，簽下了賣身的合同，陷入了如今這種進不得、退不了的局面。

他想她幫他，自然也應該付出代價才是。

「妳也知道娘的性子，娘要是知道我在這個賀客滿門的日子鬧出這種丟盡臉面的事，鐵定會大發雷霆，妳就幫幫我吧！」

嘖，也不知道哪個王八羔子設了這個局讓他進退兩難，如果不是怕在這個非常時期觸怒娘，他現在也不需要對童靖安這般低聲下氣了。

柳眉微挑，童靖安冷眼看向一臉理所當然的炎海任，完全一副事不關己的模樣，淡淡的說道：「這似乎不關我的事。」

「妳……」

他曾幾何時這般低聲下氣過了，今兒個要不是為了顧全大局，畢竟他與大哥和繆成載對於炎家的家業還有幾分的雄心，可不能在這當口上砸了老夫人對他的信任，否則他才懶得上這兒求人，他雖然處事隨興，但事情的輕重緩急他還是清楚的。

「要怎樣妳才肯幫我這一回？」稍稍按下了心頭的不悅，他凝著她沉聲詢問，甚至大方許諾道：「只要妳答應幫我過了這回，我可以答應妳的任何條件。」

聞言，童靖安那雙清亮的眸子驀地綻出晶光，然後優雅地落坐，神色自若地傾身替自己斟了一杯茶。

她不但自己喝，還招呼著一直站在一旁有些不知所措的解慕真一起坐下來喝。

「真的任何事你都可以答應？」

「只要是我能力範圍內許可之事，我都會盡力做到。」炎海任沉聲應允。

在他想來，女人家要的不外乎是金銀珠寶，反正只要他能力許可，他倒不甚在意。

只不過真正教他驚訝的是，童靖安看起來似乎是很認真的要和他談條件。

雖然他們是打小便被強迫綁在一起的未婚夫妻，可他知道彼此對於這樁親事都不是真心接受，尤其她從來不當自己是他的妻子，總是能有多遠就閃多遠。

對於她這樣的態度，他其實也樂得少些麻煩，依舊享受著悠閒而恣意的少爺生活。

他甚至以為只要她能安分守己，就算非得要成親，兩人還是可以這樣相安無事下去。

現實早已教會了他，既然改變不了白鳳仙的獨斷獨行，那麼就讓他與她相安無事的過日子也無不可，這世道多得是有名無實的夫妻。

偏偏他今兒個鬧出了這個讓人措手不及的醜事，方才在忙亂之中，他猛然想起了她，顧不得成親前新郎官和親娘子不能見面的禁忌，更顧不得眾人的阻止，便直衝來她的院落。

本以為只要開口，她便會毫不猶豫地答應幫忙，可沒想到她竟然堂而皇之的與他談起了條件，這女人的膽量倒真教他刮目相看，難道她就不怕結為夫妻後，他讓她的日子不好過嗎？

解慕真也是愈聽愈心驚，甚至忍不住伸手扯了扯童靖安的袖子。

這種忙，得幫。

「靖安，妳就幫幫忙吧！」

眼見兩人之間的氣氛愈來愈緊繃，解慕真終於忍不住開口相勸，卻只換來童靖安要她稍安勿躁的眼神。

凝眼望向炎海任，兩人四目交接之際，童靖安終於鬆口說道：「我可以替你解決這個麻煩，也可以當做沒這回事和你成親，讓你不會遭到老夫人的責難，可我有一個條件。」

「什麼條件？」

聽到她願意幫忙，他的心頓時安了大半。女人嘛，能要什麼？不就是金銀珠寶、髮飾銀簪，這些東西他給得起，也願意給。

「我要你答應我，咱們雖然拜堂，可只能做一對有名無實的夫妻。」

完全沒想到她會提出這樣的要求，他滿心的詫異與不解。

解慕真在一旁聽了，冷不防倒抽了一口氣，簡直不敢相信她會提出這樣的要求。

這個笨妹子啊！怎麼可以提出這樣的請求呢？

要知道，女人若是沒了夫婿的疼寵，在這大宅子裡日子可要怎麼過啊！

離開是一回事，可留下來卻將夫婿拒之於千里之外又是另外一回事，妹子這種驚世駭俗的想法，讓解慕真忍不住急了，忍不住脫口輕斥道：「靖安，妳別亂來！」

可童靖安卻沒理會她，反而逕自朝著炎海任說道：「我的意思便是這樣，要不是當年和老夫人簽下合同，炎家二少奶奶的位置我才不希罕，如今既然為了履約非得成親，我也不想和你有任何瓜葛。」

他瞧不起她的出身，她也未必瞧得起他的所作所為，一個對任何事都不上心的公子哥，憑什麼教她賠上自己的一生？

合同上只寫到兩人成親，反正拜完堂她就算履約，至於之後是要休夫、休妻，她便再也沒有任何顧忌了。

「妳……」瞧著她那一逕的平靜，他望著她的眸光更加深邃，彷彿很認真在探究什麼似的。

「反正你娶我也不過是礙於老夫人的壓力，如果我猜的沒錯，你的心思是，娶了我好封住老夫人的嘴，屆時再隨心所欲要個三妻四妾或是紅顏知己，既然如此，我不如趁早圖個清靜，我可以履約拜堂，可你也別來打擾我的生活。」她直言不諱地道出一般男人的心思。

望著她氣定神閒的模樣，他眸中的怒氣漸斂，半晌後，終於鬆口說道：「如果這是妳要的，我答應妳。」

「咱們拜堂之後，依然可以過著井水不犯河水的日子？」宛如一個精明的商人，童靖安小心仔細的再次確認。

「除了必要的偽裝，咱們的確可以不圓房。」炎海任很乾脆地給出她要的答案。

「一言為定。」

✿ ✿ ✿

整座宅子裡，喜炮、喜樂聲不絕於耳，童靖安身著繡功細緻的霞帔，在解慕真的陪伴下，緩緩走向偏廳。

童靖安是從容恣意，解慕真卻眉頭緊皺。

就在兩人接近偏廳之際，解慕真突然頓住了步伐，對著童靖安問道：「莫非這一切都是妳安排的？」

其實從方才兩人的對峙開始，她的心就懸著、吊著，生怕鬧出什麼亂子。許是旁觀者清，她總覺得童靖安的態度怪怪的。

左思右想，想出了這一個可能性。

對於解慕真的說法，童靖安不但沒否認，還很大方的承認道：「我沒那麼厲害可以唆弄炎海任去招惹花娘，我只不過是順水推舟罷了。」

這兩年，她為了想要脫離炎家，自然用了一些心思，對於他在外的一舉一動，她更是一清二楚。

她承認柳春臨來鬧是她使了些銀子讓人唆弄出來的，因為只有這樣，她才有籌碼跟炎海任談判，才能讓成親拜堂只是一個形式。

「妳……瘋了！」

這下解慕真全懂了，難怪她從方才就覺得童靖安怪怪的，不但堅持不走，還彷佛在等待什麼一般。

原來她早就算計好了一切。

「我沒瘋，只是太想離開了，反正他也不願意娶我為妻，那麼眼下這些麻煩是我該付出的代價。

「可是就算這麼做，妳還是得要待在炎家，對妳又有什麼好處呢？」這般胡來也不能讓她如願離開，反而落人笑柄，解慕真是真不懂妹子在盤算些什麼。

「這種事只能有一次嗎？」

「妳的意思是……」

難怪她堅持不走，她不願用逃的方式離開，她是想履完了約，再想辦法休夫。

在解慕真還有些不能認同的眼神裡，童靖安揚起了一抹豔豔的粲笑。

就憑炎海任那公子哥兒的個性，要捉著他的把柄還不容易嗎？

一旦拜了堂，他卻又出了亂子，那麼她的休夫便顯得合情又合理。

所有的事都照著她的計劃走，心情大好的她不再多言，伸手一推門扉，進了偏廳。

「妳就是柳春臨？」好一個梨花帶雨的巧人兒呵，可惜那眼角兒帶媚，眼波也太過精明，擺明別有所圖。

「是。」

乍見推門而入的童靖安和解慕真，柳春臨還搞不清兩人的身分，面對童靖安的詢問，她只是輕輕頷首，假裝可憐的縮了縮身子。

「聽說妳懷了我夫君的孩子？」童靖安望著眼前的女人，不慍不火地問道。

「原來您就是姊姊啊！」一確認了正主兒，柳春臨立刻收起刻意擠出來的淚水，當解慕真不存在似的，直接和童靖安攀起了關係。

「好一個妹子呵！」聽到這樣的稱呼，童靖安毫不氣怒，反而漾起一抹淺笑。

「姊姊，我肚子裡已經有了二爺的骨肉，怎麼說我也是個好人家的女孩，若是二爺不肯負責，那我也只剩下投江自盡一路了。」迎著童靖安的凝視，柳春臨哀哀切切地細數著自個兒的委屈。

可這話在童靖安聽來卻只覺得作戲。

姑且不論柳春臨當初怎麼會進到窯子討生活，光憑這一點，就稱不上好人家，另外，她現在這模樣，擺明就別有所圖，怎還能睜眼說瞎話？

但這不重要，重要的是，她早想好該怎麼打發她。

她不動聲色地聽著她說話，甚至還不時微微頷首，那溫婉善良的模樣，倒教柳春臨覺得她和善可欺。

「其實，妹妹也知道今兒個是二爺和姊姊的大喜之日，妹妹本不該選在今天衝撞了姊姊的喜事，可是二爺打從知道我有了身孕便避不見面，我也只能出此下策啊！」

「聽起來，倒真是有著萬分的不得已。」童靖安臉上的笑容更加燦爛，完全沒有半點新嫁娘發現夫婿偷香竊玉時該有的憤怒。

終於，她那不尋常的和善讓柳春臨心生警惕，一雙本來還漾著脆弱的眼神，倏地浮現了幾絲精光。

「姊姊是否不相信我的肚裡有孩子？」

這是唯一的可能性，唯有不信，才能對於這種情況處之泰然。

「信，怎麼會不信？」面對她的疑惑，童靖安立刻露出一副最真誠的表情。

「那姊姊不生氣嗎？」柳春臨終於忍不住問道。

「我為何該生氣？」

「因為我搶了姊姊的男人啊！」

「我倒不這麼覺得，妳要知道炎家是個家規嚴明的家族，妳知不知道炎家的男人為何都沒納妾？」

「為什麼？」瞧童靖安說得這樣認真，一時之間柳春臨忘了自己該扮演的角色，美豔的俏臉兒上佈滿了好奇。

「因為炎家沒有妾，更沒有二夫人，所有爺兒們的女人都是正妻們的奴婢，得受使喚。」

「啊！」聞言，驚疑未定的柳春臨冷不防倒抽一口涼氣。

她還來不及接話，童靖安再次開口說道：「而且，在炎家，庶子和奴僕的地位是一樣的，是簽了死契的，妳說我家二爺這不是心疼我，才會找了個想要做小的姑娘來服侍我嗎？」

童靖安的表情很認真，認真到柳春臨的心泛起了一陣陣的涼意，即使努力說服自己那番說法不過是想嚇退自己罷了，可再認真一想，倒還真的沒聽過炎家出過什麼如夫人的。

該死，莫不是她說的是真的吧！

「妳說，身為一個奴婢，能喊我這個主子姊姊嗎？」

童靖安傾身逼近，與她臉對臉、眸對眸，讓她清清楚楚瞧見自己眸中的狠厲。

「我……妳……騙人！」

儘管柳春臨強裝鎮定，可是一見著童靖安那副勝券在握的模樣，原本心裡打得響亮的算盤便全都被撥散了。

「慕真，我是騙人的嗎？」

「當然不是，炎家的家規就是這麼寫的，而且老夫人一向依家規處理這種事，要不，咱們上老夫人那兒問個清楚去。」

現下，老夫人是被人瞞著的，她相信炎海任還沒那個膽子任由這消息傳到那去。

她這麼說可是一個險招，白鳳仙赫赫有名，她相信柳春臨不會沒聽過，這事若是鬧上了老夫人那兒，對她來說絕對沒半點好處。

突地，童靖安一伸手，精準地捉住了柳春臨的手，說道：「咱們走吧，平素我

在這府裡也沒幾個姊妹，到時多了妳這丫頭，我倒有了個伴。」

「別……我不去！」柳春臨慌得想要抽回手。

「為什麼不去，妳不是嚷著要人為妳做主嗎？只要老夫人開金口，妳便可以進炎家了。」

「我……」

想要藉著肚子裡的孩子進炎家，是因為她想要依附著炎家過著吃香喝辣、不再送往迎來的生活。

但是，誰想要當奴婢啊！

「不用了，再怎麼說今兒個可是姊姊的大喜之日，怎好去同老夫人說這事呢？」

「可是，妳肚子裡有孩子呢，雖然得當下人，可至少炎家不會少他一口飯吃，總也好過你們母子在外無依無靠吧！」

這會兒，收起了方才的精明模樣，也放開了抓著她的手，童靖安搖身一變成了一個笑意燦燦、看似無害的尋常姑娘，態度還一如初始的親切。

「這、這……」

望著翻臉比翻書還快的童靖安，柳春臨心知在她面前終究討不了好，吞吐了半晌之後，牙一咬，照實說道：「這孩子其實不是二爺的骨肉，是我和另一個相好有的。」

只是很不巧，在二爺留宿之後，她便發現有了身孕，才想賴上炎海任，好圖個後半輩子的依靠。

「妳確定嗎？」聞言，童靖安並不生氣，她凝著柳春臨，未免後患，非常認真的問道，也不追究她的誣賴。

「自然確定！」

「我瞧你們母子倆倒也可憐，不追究妳的胡言亂語，等會兒我會讓帳房支一百兩銀子給妳，妳拿了銀子，該做什麼事、該說什麼話，我想妳應該很清楚吧？要是讓我再聽到妳胡說，咱們就只好官衙見了。」

既然給了錢，她就不希望再聽到任何有關的流言蜚語，否則這事總有一天會傳到老夫人的耳中。

「這是自然！」眼看著計謀被戳破，柳春臨還以為自己會讓人給轟了出去，沒想到童靖安竟然還願意給她一筆銀兩。

想到這裡，柳春臨凝望著童靖安的眸光中多了幾許的敬畏，看來這個女人真的不簡單啊！

第二章

一拜天地、二拜高堂、夫妻交拜……

在眾人目光睽睽之下，兩個人行禮成了夫妻。

雖然隔著大紅巾帕，炎海任瞧不著童靖安的臉龐，但他就算不用瞧，也能在腦海中勾勒出一張美豔動人卻又得意萬分的面容。

這女人好大的本事，他都快要說破嘴了，卻不能讓柳春臨說出實話，可童靖安竟然用不到一刻鐘的時間，就逼得她這個算是見過世面的窯姊兒落荒而逃。

這結果讓向來對她不上心的炎海任，忍不住對她感到好奇，望著她的眸光也多了一絲探究和狡黠。

「送入洞房……」

司儀的聲音再次高亢地響起，緊跟著門外的鞭炮聲不絕於耳。

出乎眾人意料之外，炎海任鬆開了手中的紅綵，又在眾人驚呼聲未落之際，攬腰將童靖安給打橫抱了起來。

輕狂而恣意的笑容在他的臉上漫開來，尤其當他發現懷中的人兒一僵，卻連掙扎都不敢時，他笑得更加的開懷。

「娘子，咱們終於是真正的夫妻了。」炎海任豪氣十足地說道。

然而話音才剛落，腰腹之際卻突兀地泛起了一陣疼。

嘖嘖嘖！

果真是最毒婦人心呵，瞧那不著痕跡的一擰，怕是使盡了她吃奶的力氣吧！

可是炎海任卻不當一回事，依然在眾人面前笑開懷。

「靖安，妳終於踏踏實實地成了我的娘子了。」她既然想做戲，他也不會輸她，他倒要瞧瞧這戲是她做得好，還是他做得好。

這話，看似輕聲細語，但其實底蘊渾厚，剛巧穿透了那些熱鬧的嗩吶喜樂之聲，竄進了眾人的耳中。

「你在做什麼？」對於他突如其來的舉動，童靖安初時有著不明所以的驚慌，銀牙一咬，怒氣盈懷地問道。

不是安安分分拜完堂一切就都沒事了嗎？他偏要這麼不按牌理出牌，演出這麼恩愛萬分的模樣，究竟是要給誰看？

偏偏賀客雲集，尤其老夫人又還端坐首位，她不能當場掀了紅巾斥責他，唯一能做的，就是透著那耀眼的紅巾橫瞪他一眼。

也就這麼巧，突然間門外竄進一道疾風，吹掀了紅巾，一張染著怒氣卻美麗的容顏，就這麼展現在眾人眼前。

「娘子，妳還真是美啊！」一對上她那雙怒氣勃發的明眸，炎海任的笑更開懷了，他毫不吝嗇的盛讚著，逗弄意味十足。

原本他還以為她只不過是個無趣的丫頭，畢竟每回見著了他，她就是繃著一張臉，一副生人勿近的模樣。

他也懶得拿自己的熱臉去貼著她，沒想到她卻選在成親這天讓他刮目相看。

「你這是幹什麼？」

她刻意壓低嗓音在他耳邊問道，但在外人看來，會誤以為她是因為過於羞怯才會如此偎著夫婿。

雖然不圓房，但是該做的戲，甚至是表面上的和諧還是必要的，她強忍著想要掙開他懷抱的衝動，臉上佈著的是嬌羞的笑容，但話語中摻和著一抹咬牙切齒。

「妳該更嬌羞些，這樣才像個新嫁娘呵！」不同於她的氣憤，他輕鬆恣意的笑著提醒。

瞧見她亮眸中那毫不遮掩的怒氣，他更顯得意，且不知怎地，她的怒氣像陣微風，拂去了他心頭的躁意。

總說男人不該小心眼，同一個女人計較。

方才在她面前吃的癟，他可是沒齒難忘，若是不給她來這麼一記回馬槍，心頭的不悅又怎麼能平。

「你……」

氣呵！

恨不得伸手抓花他那佈滿笑臉的俊顏，可偏偏她再手癢也不能這麼做。

此時此刻她除了強迫自己端起嬌羞的笑之外，什麼也不能做，否則炎家的臉面要往哪兒擺去。

「娘子從今以後就是我這輩子鐵了心要守護的玉人兒了，妳放心，為夫的一定會百般呵疼妳的。」

瞧見她的眸子似要噴出火花來，炎海任加把勁的添油，希望那火燒得愈旺愈好，才能稍稍平撫他方才受創的自尊。

沒有漏看他眸底的戲謔，童靖安的心火一陣旺過一陣，就在她快要忍不住氣時，她驀地記起了自己的目的，於是連忙斂下心怒，揚起一抹粲笑，說道：「二爺，只望他朝你可別忘了今日的金口玉言啊！」

這話聽在旁人耳裡，像是姑娘家在愛嬌討承諾，可她很清楚是在為自個兒的往後鋪路。

他們現在表現得愈恩愛，將來炎海任一旦又跑去拈花惹草，其他人對她的同情便愈深。

「我怎麼會忘，妳可是我的愛妻啊！」

四目交接，火光簇簇，只有當事人知道其中隱含了多少算計和對峙，可這一連串的竊竊私語，聽在旁人耳中，卻像是糖裡和了蜜，都能甜入心坎裡了。

四周的鼓譟聲開始此起彼落地揚了起來，原來流言果真不可盡信。

都說炎海任年少輕狂，從不把自小就訂了親的乞妻擺在眼底，依然風流成性，可如今瞧他迫不及待抱得美人歸的模樣，流言早就不攻自破。瞧來，這個炎家二少奶奶雖然出身不好，可在二爺心中的地位卻是堅不可摧的。

「夫君，咱們好像應該進洞房了吧！」臉上的笑擺得都快僵了，童靖安再次不朝痕跡地伸手掐了掐他那結實的腰際，催促道。

「是！是！是！」聞言，炎海任迭聲三個「是」字豪邁的衝口而出，然後在眾人羨慕的眼光中步入了內室。

那瀟灑的姿態與恩愛的背影，羨煞了不少的男男女女……

✿ ✿ ✿

「你是故意的！」

才剛踏進新房，童靖安顧不得身後還簇擁著媒婆和丫鬟，一股作氣地掙脫了炎海任的懷抱，那動作之激動，顯然一點也不怕傷到自己。

「我是！」

炎海任一掃方才的親暱寵愛，臉上再次浮現那抹痞子似的笑容，對於自己的所作所為，承認得很大方。

慢條斯理的回應著她的怒氣，還不忘回身將房門用力一關，把原先魚串似跟在後頭的喜婆和丫鬟們，全都擋在了外頭。

他當然知道那些嘴碎的下人會傳出怎樣的流言——他連成親的儀式都還未完成，就迫不及待地要和新娘圓房。

但此時他已經不在乎旁人會怎樣數落或是訕笑他的猴急，他真正介意的是她那彷彿生了根的厭惡到底所為何來。

所以炎海任決定，他們應該好好談談，她的厭惡就像一根刺，深深地扎在他的心坎裡，讓他不舒服極了。

「為什麼這麼做？」當他再次回身，童靖安已經再也按捺不住心中的怒火，張口就衝著他質問道。

想起方才眾人臉上的曖昧之情，她幾乎可以想像旁人會怎樣將他們拿來當做茶餘飯後的話題了。

「這不是妳要的嗎？」他並不傻，初時或許不懂，可是仔細思量過後，他便有種被設計的感覺。

他敢肯定她在謀劃著什麼，才會開出那樣的條件，如果他猜的沒錯，她想離開炎家，卻礙於和老夫人所訂的合同，這才想由他這邊下手。

迎著她的瞪視，炎海任在這一片充滿喜氣的新房裡，閒適的坐下，渾身上下所散發出來的恣意，完全不像在面對一個盛怒的女人，他顯然很樂於瞧見她的憤怒。

「你胡說，誰會喜歡成為旁人的笑柄！」聞言，童靖安更是氣壞了。

他簡直就是顛倒黑白的頂尖能手，他怎能對她做出這樣的指控？

「我真的是胡說嗎？」炎海任笑了笑，揚聲反問，語氣裡淨是濃濃的懷疑與指控。「難道妳沒計劃著要離開炎家？我甚至懷疑今兒個柳春臨會上門來鬧，其實是妳一手策劃的。」

她製造了一個境況，讓他不得不隨著她的計劃兜轉，逼得他答應與她做一對有名無實的夫妻。

「你這壓根是欲加之罪，何患無詞。」被猜中了心思與計劃，她一掃原本理直氣壯的模樣，不自覺感到心虛。

他究竟是怎麼知道的？

童靖安半驚半疑，她心裡的盤算從來不曾與旁人說過，就連慕真姊姊也是方才才知道，這個男人為何能這樣精準地猜中她的心思？

「怎麼，妳這會倒是敢做不敢當了？妳敢說妳沒有盤算著在人前與我佯裝成一對蜜裡調油的夫妻，心中正期待或正設計著有一日我從外頭帶進一個女人，如此一來，妳便可以光明正大的以受害者的姿態求去。」

如果他猜的沒錯，她想離開，卻又不想偷偷摸摸的落荒而逃，才會想出這個法子，並且衷心期待他能流連花叢，好讓自己的離開變成理所當然。

「你……」

童靖安瞠大了眼，滿眸的不敢置信，不懂他為何能用這麼簡單的三言兩語便道破了她的心意。

「妳以為自己真能神不知、鬼不覺嗎？」若不是她的態度讓他起了懷疑，他也不會在柳春臨倉皇離府時找她問了個清楚仔細。

柳春臨會這麼做是因為嬤嬤的唆弄，可嬤嬤為何要這麼做呢？

當這個疑問竄上心頭，炎海任的腦海中便浮現童靖安在與他對峙時的胸有成竹，那態度彷彿丁點也不詫異，於是這一串便全都連了起來。

「就算是，那又如何？」既然計謀被識破，她也懶得再掩飾，迎著他銳利的眼芒，她一改之前的心虛，反而理直氣壯的用挑釁的語氣反問道。

「為什麼？妳就這麼不想嫁給我嗎？」他不懂她為何要這麼處心積慮地求去，且她那視他如蔽屣的模樣，嚴重地刺傷了他的驕傲，讓他忍不住這麼問道。

怎麼說，他好歹也是眾多姑娘家眼中的乘龍快婿，但在她眼中卻像是避之唯恐不及的毒蛇猛獸，想到這，驀地一股子氣悶就這麼結結實實地梗上了胸口。

「當然不想，若非老夫人手頭上有我與她定下的合同，我不會留下來與你拜堂，我不但不想成為你的妻子，而且我討厭你！」

童靖安望著他，毫無遮掩地說出深埋已久的心裡話，正因為心結難解，更因為認定了他那輕浮的性子，所以她無法認命地一輩子被困鎖在這個瞧不起她的男人身邊。

「為什麼這麼討厭我？」因為不懂，所以執意索討一個答案。

他一直以為自己對待她還算有禮，縱使平日沒有太多的交集和情感表現，但她應該不至於到厭惡他，也至少能與她做一對互相尊敬的夫妻，沒想到她卻一心想逃。

凝著她的眼、她的眉，將她臉上的倔強全都瞧進了眼底兒，炎海任這才驚覺自己對她的了解太少。

以往他不介意也懶得理會，反正井水不犯河水，可經過這次的事，他卻忍不住地想要探究她的內心深處。

「沒有理由！」迎著他的追問，她簡單的回了四個字。

初相見時的那一抹輕蔑，她早已深埋心底，他永遠不會知道其實她是真的曾經想過要死心塌地地做好他的妻子，是他不要她、嫌棄她，現在又憑什麼來質問她。

她從來就不是一個可以任人招之即來、揮之即去的女人。

懶得再與他周旋，童靖安腳跟兒一旋便要離去，他有那個閒工夫在這裡追究她為什麼討厭他，可她卻沒有那個空陪他說這些不著邊際的話。

今兒個的事只是個開始，她還有很多事得做，她得把握時間，只要計劃進行得愈快，她就能愈快離開炎家。

「妳去哪？」見她逕自要離去，他想也沒想就伸出手握住她的手臂，問道。

「回我的院落去！」

「要我提醒妳，咱們已經拜堂了嗎？」

簡單來說，現在炎家已經沒有她的院落了，她所有的私人物品，早在今晨就已經被丫鬟送到他的院落來了。

「你答應過咱們只做有名無實的夫妻的。」

原本滿滿的信心被一抹愕然所取代，圓睜的眼筆直地瞪向炎海任，帶著一點指控意味。

他盯著她好一會，才緩緩勾起一抹略帶邪氣的笑，接著鬆開手，大方地說道：「如果妳不想扮演一對恩愛夫妻，我並不介意妳再回去妳的院落。」

氣結的看著他慢條斯理的坐到桌前，替自己斟了一杯茶，啜了一口香茗，那高雅自得的動作，讓人幾乎以為他天生就是個貴族。

「你……」她怒瞪著他，氣極了他的氣定神閒。

該死的！

她忍不住在心裡低咒了一聲，她怎地就沒想到這層？

是夫妻就得同房，若是她現在不住在他的院落，只怕明兒個老夫人就會找她前去問清始末。

絕不能在這個時候招來老夫人的關注，否則她的計劃便全毀了。

她的臉色驀地泛起一陣鐵青，抿唇不語，腦中思緒轉得飛快，一時間卻想不出法子解決眼前這棘手的問題。

「喝杯茶吧。」

不動聲色地將她的表情變化盡收眼底，炎海任好心情地另外倒了一杯茶，起身將茶杯塞進她手中。

見她依然一副呆愣愣的模樣，他好看的薄唇不自禁微微勾起。

這丫頭，其實挺可愛的，留下來逗逗也不錯！

在這一瞬間，他的心竟浮現了一抹不捨，那是一種不願讓她離去的心思，於是他想也沒想地脫口說道：「妳想想，若惹來了老夫人的注意，以老夫人那愛操弄人的個性，真會任由妳在她的眼皮子底下為所欲為嗎？」

「這……」

此話一語中的，她終於回過神來，目光緊瞅著他，這是她這些年來第一次如此認真的端詳他，那雙深邃黑眸閃著讓人無法閃避的銳利光芒，她驀地驚覺，也許他並非如她原本所想的那樣虛浮。

她一直以為這幾年炎家的生意這般興旺，全是因為炎妙槐和繆成載的關係，他不過就是沾了一點光，沒想到他竟可從自己不小心留下的蛛絲馬跡，洞悉了她的心思，想來是小瞧他了。

不知為何，她突然對這樣的他多了一絲絲的讚賞，不過這樣的念頭稍縱即逝，因為眼下她有更重要的事要思量。

沉默半晌後，她終於開口問道：「你會遵守承諾吧？」

在衡量了所有態勢之後，她知道與他同處一室已經是必然的。

「既然我已經答應了妳，就一定會遵守，可那只會是暫時的。」心中既然有了旁的心思，炎海任也不屑遮掩，反而坦蕩磊落地說道。

「你這話是什麼意思？」

「我的意思是，我不想和妳做一對假夫妻，我想試試看若是咱們成了真夫妻，會是怎樣的光景。」

不可否認的，經過這番交手，他無法再對她視而不見。先不論她美麗的外貌，她伶俐聰敏，和一般只會討好他的女人不同，既然如此，他便要正視她的存在。

他向來是個想做就做的拚命三郎個性，在商場上的縱橫是這樣，在感情上亦同。

「你……說什麼？」還以為自己聽錯了，她忍不住揚聲問道。

「我說我想試試同妳做真夫妻是什麼樣的滋味兒。」

「你想毀約？」瞇起眼，她那明亮的眸中倏地迸射出一股子濃濃的怒氣，簡直不敢相信自己聽到的。

「答應過妳的事，我自然不會食言，但是我可沒答應不能追求妳，好讓妳心甘情願成為我的妻子。」

「我不可能會心甘情願的。」童靖安想也沒想就否決了這樣的可能性。「我的眼沒瞎，神智也很清醒。」

聞言，他朗朗一笑，並不氣怒，只是幽幽地提醒道：「話說這麼滿，妳就不怕真的有一天會愛上我嗎？」

她毫不優雅地嗤笑一聲。她才不可能會愛上他，對其他女人來說，他或許是一道珍饈佳餚，可對她來說，卻是一點兒都不希罕。

「那是絕對不可能的。」她回答得斬釘截鐵，毫無轉圜餘地。

「天底下絕對沒有不可能的事。」

任何事，只要是他想做的，就萬萬沒有不可能的，而她既然已經勾起了他的興趣，想要全身而退，還得看他肯不肯！

不想隨著他的異想天開起舞，童靖安深吸了口氣，讓自個兒冷靜下來，然後隨手一指，冷然地說道：「從今以後，我就在這小榻上窩窩吧！」

「妳要住下？」

對於她的決定，他自是欣然接受，畢竟他已起心動念，那麼她願意主動留下來，自然是再好不過。

想了想，這輩子他倒不曾費心對一個女人好，不過他並不介意她是個開始。

而且，他佩服她的能屈能伸。

「對！」她帶笑頷首，逐漸重拾原有的自信。「是你說的，咱們既然是夫妻，不就該同寢一房嗎？」

❀　❀　❀

愛上他?!

他不是瘋了，就是傻了！

他怎麼可能以為她會愛上他。

「小姐……小姐……」

野兒連喚了好幾聲，可是童靖安卻始終兀自發著傻，不得已，這才伸手推了推她。

「什麼事？」好不容易回了神，童靖安瞧著在她眼前兜來轉去的野兒，懶洋洋的問道。

「小姐，您沒瞧見這些嗎？」

對於小姐的視而不見，野兒簡直不敢相信，明明眼前平白多出了那麼多東西，怎麼會沒發現。

帶著滿心的不解，童靖安順著野兒的話低下頭，便見身前的圓桌上不知何時竟擺了幾樣首飾。

這些首飾，非金非銀，更不是瑪瑙珍珠，而是雕琢精細的檀木簪、檀木梳，還有一塊鑲著碧玉的檀木牌。

這三樣東西，樣樣精、樣樣細，讓童靖安一見就心喜的拿起來把玩，愛不釋手。

「這些是誰送來的？」

應該是繆大哥吧！

他一向知道自己愛檀木甚過於金釵首飾，把玩著這些木器，她的心泛起了一陣陣的暖意。

「這是少爺讓管家送來的。」

咦，他送這些東西來做啥？又怎麼知道她喜歡？

她的心驀地泛起了一陣疑惑。

「小姐，二少爺不只送了這些首飾，還送來了這些。」

野兒將那些置於桌邊的成疊帳冊，和一把繫著紅繩的小金鑰給推到了童靖安眼前。

「這是?!」瞧著那堆書冊，她也不急著翻閱，只是張大眼睛瞪視，心中隱隱浮現了幾絲不安。

這東西該不會是她想的那個吧？

心抖了抖，她挑眉望向野兒，便見野兒難掩興奮的說道：「這是二少院落裡的帳冊和金鑰。」

野兒是家奴，一出生就生活在炎家，自然知道大宅院的規矩。

二少爺把帳冊交給了夫人，就代表要將院落裡頭的大小事全都交給她家小姐處理，也等於是向眾人宣告，他認同了童靖安的地位。

「帳冊?!」童靖安自然也懂得此舉所代表的意義，一見被擺置在桌子角落邊的帳冊，她的心冷不防漏跳了一拍。

炎家雖然是個大家族，少爺小姐們的吃穿用度一切仰賴大宅提供，可每個人都可各憑本事積攢自己的錢財。

炎海任給了她這些東西，基本上便是對外宣告他已認定了她是這個院落的女主人。

可為什麼？

他這不按牌理出牌的舉動讓她的心驀地亂了，他明知她要走的，做啥還把這麼重要的東西交給她？

他明明知道她迫不急待的想要離開，難不成……

那日他說的不是玩笑話，而是真心想要與她成為真夫妻？

不行，她得趕快進行自己的計劃，好阻止他那莫名其妙的瘋狂念頭。

「小姐……」野兒眉頭緊皺瞧著主子，憂慮不已地開口喚道。

不同於野兒的惴惴不安，童靖安兀自望向銅鏡，瞧著自己這一身「借來」的衣裳，倒還挺合身的，左瞧右瞧之際，冷不防抬頭糾正野兒的稱呼。

「好，少夫人。」深吸了一口氣，壓下心中的著急，為了不讓主子有機會岔開話題，野兒有禮地開口問道：「奴婢想問您，今日穿這麼一身是要做啥去？」

打從童靖安一進府，她便被派來這個院落伺候，所以跟在童靖安的身邊已經有幾年的光景，自然培養出非同一般的主僕情誼。

她瞧著童靖安那身不合禮教的打扮，心中立時浮現了很不好的預感。

她這個主子一向不如其他富家千金那樣唯命是從，不但很有主見，而且還時不時會有出人意料之舉。

「我要出去逛逛！」

「只是逛逛，不用穿成這樣吧？」

明明是個豪門貴冑的少夫人，可是偏偏穿著男人的衣飾，簡直就是不成體統。

要是被老夫人知道，鐵定會被責罵一頓。

「穿成這樣有什麼不好，至少行動自如啊！」

水眸再次瞟向銅鏡裡的身影，確定除了看起來纖細了些之外，外表倒是顯得英挺許多。

「主子，您到底要去哪啊？」

「這妳就不用知道了，只消好好在宅裡幫我掩蓋行蹤，別讓其他人知道我出去就行了。」

既然要全身而退，她自然不能乖乖地待在這深宅大院之中，她得多去製造一些對自己有利的機會。

同時也是為了替自己鋪排好後路，免得離開了炎家，日子卻不如想像中的自由與寬闊。

這回，她會做好萬全的準備。

「這屋子外的人可以欺瞞，可是屋子裡頭的人呢？」

莫名其妙被委以重任，野兒顯得有些為難，她一向很機靈，可是這事可不是靠機靈就有用。

院子外的僕傭可以隨意找個藉口搪塞，可若是宅院的正主兒回來了，可得怎麼說服啊？

「他不會回來的。」童靖安信心十足地回道。

昨天他提到今日要去和什麼人談事情，不過她沒注意聽對象是誰，反正應該不會這麼快就回來。

「主子，凡事總有個萬一啊！」野兒不像主子那麼樂觀，娟秀的臉龐上透著不安。

要是被老夫人發現二少夫人成親沒多久便女扮男裝擅自出府，只怕老夫人的怒氣將會不小。

一想到這，野兒心驚膽顫開口想要再勸，卻發現主子已經不願再搭理她，逕自回過身，氣定神閒地往門口步去。

「主子，您真要走了？」

「是啊，再磨蹭下去只怕就要天黑了。」被野兒這麼三番兩次的擋下，童靖安的心忍不住急了。

她早就打聽好了，今兒個京城附近的仰天寺會舉辦法會，駱家千金駱明銀也會前去禮佛祈福，她自然不能錯失良機。

駱家可是京城裡響叮噹的人家，財富與權勢都是拔尖的。

因為兩代之前曾有女兒嫁進宮中，且被尊為貴妃，所以與皇家也能攀親引戚，至於財富，更是大把大把的賺，舉凡食、衣、住、行，幾乎都有屬於駱家的商行。眾人都欽羨駱家坐擁金山銀山，可偏偏人丁漸稀，到了這一代，僅生一男一女，所以對駱明銀自然奉為掌上明珠。

她早就聽聞駱明銀不但有著天仙美貌，又有著如水的柔順性子，再加上如此良好的家世，這樣的女人，想來和炎海任是絕對的匹配。

況且駱、炎兩家都是經商世家，雖說在某些生意上算是敵對關係，但有些生意仍會互相合作，若兩家能夠相結合，只有利沒有害。

最重要的是，商界的人多少都知道，她對於炎海任可說是一見傾心。

只可惜那時他已經有了自己這個未過門的娘子，駱家的掌上明珠是何等的尊貴，絕對不可能為小，更不可能以家族的權勢施壓，落人話柄，所以便成了如今無緣的局面。

饒是無緣也得變成有緣，這是她這幾日得到的結論。

這陣子，炎海任待她的舉措和態度愈來愈奇怪，平素他是個靜不下來的人，三天兩頭就往外跑，如今屋子裡多了個她，照理他應該是能避就避吧，哪曉得他不但每晚都回府用膳，拉著她東聊西扯，還將在商場上遇著的難題同她一起討論，聽她建言，甚至滔滔不絕的講述滿腔的雄心壯志。

她不想聽，可是卻又忍不住想聽，捂不住自己的耳，連她自己都可以感覺得到，自個兒在面對他時的冷然，已經搖搖欲墜了。

她得做些什麼！

因為她不想因為愛上他而自取其辱，更不想困在炎家這個金絲籠裡終老一生。

所以……想著想著，才有了今日仰天寺之行。

「少夫人，您真要奴婢在這兒幫您周旋也不是不行，但您得告訴我您到底要去哪啊！」

這樣若是東窗事發，她也有個地方可以找人啊！

「我要去仰天寺禮佛。」童靖安知道野兒拗起來有多固執，只好隨意搭了個似真還假的話。

她可不想人還沒出府，就被野兒嚷嚷得人盡皆知，到時若是傳到老夫人的耳裡，事情就會變得更加棘手了。

「當真是要去仰天寺禮佛？」這個答案野兒當然不信，她家主子啥時這般誠心了？

何況就算真的要去仰天寺，大可大大方方的跟老夫人稟告，又何必偷偷摸摸的換上這一身男裝呢？

將野兒的疑惑盡收眼底，童靖安淺淺揚笑，肯定地說道：「我當然是要去仰天寺，換了男裝只是圖個方便。」

其實她是害怕老夫人知道她的行蹤和心裡頭的盤算，所以才刻意裝扮。

「可是……您真的覺得我能騙得過府裡的人嗎？」野兒真的不想擔此大任，依然不放棄地想要說服童靖安。

這事只要走漏一點風聲，就難收拾了，更不曉得會牽連多少人，想到這，她的頭簡直就要疼死了。

「妳可以的，再說，就算到時真的被發現了，妳就咬死是我逼妳這麼做的，老夫人不會對妳怎麼樣的。」

「主子，可……」

這回，野兒的話都還沒有說完，童靖安已經一溜煙的閃身離開。

野兒慌亂之中想喊，可又想到若是一喊，府裡上上下下不就都要知道了嗎？於是那差點脫口而出的呼喊，便又全都嚥回肚子裡去了，只能眼睜睜瞧著主子偷偷摸摸、閃閃躲躲的揚長而去。

唉，看來她的皮可真要繃緊些了！

第三章

宏偉高聳的佛寺，不停地傳來一陣陣能安撫人心的誦經聲，驅走百姓們心中的煩躁與不安。

川流不息的人潮，幾乎將兩旁的商家全都擠滿了。

今兒個是佛誕節，京裡所有得空的人都會攜家帶眷前來禮佛，祈求佛祖庇佑一家大小健康平安，就連那些幾乎整年被養在深閨之中的夫人小姐們，也都會趁著今天外出透透氣兒。

在一片黑壓壓的人群之中，童靖安幾乎一眼就尋到了駱明銀的身影。

不單單是因為她周遭那群前呼後擁的丫鬟、嬤嬤們，而是因為她與生俱來的貴氣，和一如旁人口中那無雙的美貌。

雖然同為女人，可是童靖安不得不說駱明銀真的美極了，那彎月兒似的眉不點則黛、櫻兒似的唇不點而紅。

嘖！

炎海任究竟前輩子燒了什麼好香，不但生在炎家享盡富貴，還被這樣十全十美的姑娘家給愛著了？

靈巧地穿越人群，腦中讚嘆未歇的童靖安，試著更接近駱明銀一點，但那談何容易，畢竟這擁擠的人潮之中，除了她，許多人也爭相目睹那仙姿般的容顏。

她奮力的撥開人群，其間還遭到了不少人的白眼，可她不在乎，只是一個勁的擠向前去。

終於，駱明銀已近在咫尺，突然間一陣爽朗的笑聲穿透了吵雜的人群，在她的耳際響起——

「妹子啊，要再任妳這麼磨蹭下去，妳要何時才能進入仰天寺禮佛啊？」

「大哥，你怎麼來了？」

「剛同炎家二爺談完事，正準備返家，就見妳被困在這動彈不得。」

駱醒言一向疼愛妹妹，自然護妹心切，仗著靈巧高壯的身姿，不一會就護在她的身側，帶著她排山倒海似的步入仰天寺。

寺裡的住持一見貴客光臨，便親自引領他們去禮佛，而一直注意著他們動靜的童靖安，更是小心翼翼的悄然跟隨在後。

望著眼前一尊尊的大佛，一股敬畏之心油然而生。

在誠心禮完佛後，童靖安悄悄地朝著跟在駱明銀身後伺候的丫頭使了一個眼色，只見那丫頭微一頷首，便湊上前和駱明銀咬耳朵，接著只見她帶著一抹微笑，輕輕地點了點頭，趁著大哥和其他僕傭不注意時，隨著這名丫鬟步出了寺外。

童靖安見狀，也跟著起身，朝著與駱明銀不同的方向而去。

她熟稔的穿過佛寺的長廊，再走過了迂迴的小徑，那小徑之上蓊鬱蒼蒼，遮去了大部分的陽光，使人覺得陰森而黑暗。

這地方，尋常人不會進去，總覺得陰氣太甚，久而久之，這條小徑便荒廢了，可童靖安卻顧不了那麼多。

待在炎家這麼多年，她早已學會一件事——很多時候，機會只有一次。

要達到目的，有時冒些險也是必要的。

深吸了一口氣，她望著眼前的幽暗，不一會兒，便舉步往前走……

無視樹叢裡那些探頭探腦、甚至有些令人心驚膽顫的蟲蛇，童靖安的腳步走得很快、很急切，只凝著眼前那一丁點的光源，無畏無懼地朝著它走去。

她心裡充滿了濃濃的希望，即使陰風不斷拂過，也阻止不了她內心的渴望。

終於，光芒漸露，穿過了晦暗樹林後，眼前綻放的竟是一簇簇盛開的絕美桃花。

微風輕拂，那點點殷紅飄落而下，一場繽紛的花瓣雨從天而降。

「哇，真美！」

一聲嬌呼竄進了童靖安的耳裡，看來果真是有錢能使鬼推磨。

她不過是撒了點錢，就能如願地將想見的人引來這兒。

兜了那麼大的圈子，她想要的自然不只是瞧上明銀姑娘一眼，而是想和她當面談談。

所以她毫不遮掩地從隱身處走了出去，然後揚聲喊道：「明銀姑娘！」

原本銀鈴似的笑聲戛然而止，駱明銀水漾的眸子帶著些驚懼與不解。

她下意識的左顧右盼，但見周遭空無一人，這才想起方才領著她來的丫鬟一到這，便說要去為她準備一些點心和茶飲，好讓她可以好好地在這座人煙稀少的桃花林中盡情賞玩。

「你是誰?!」乍見陌生男子，又聽聞他一開口就喊出她的名字，駱明銀的心驀地起了防備，目光也染上濃濃的戒備。

「在下是炎家的人，明銀姑娘不必害怕，在下對姑娘並無惡意。」有禮的一揖。

不過這般的溫文有禮，並沒有讓駱明銀就此卸下心防。

雖被養在深閨，卻不是毫無腦袋之人，只消稍一細想，她就知道這個看似爾雅的男子會在此時此處出現，並非偶然。

「公子特意安排這場相遇，想做什麼?」

維持著一貫的優雅，駱明銀就連質問都沒有揚起聲調，一派的冷靜。

「我只是想請問姑娘一個問題，並無其他意圖。」

若不是駱家家大業大，要在不驚動他人的情況下見到駱明銀實在太難，她又何須如此大費周章呢?

「我倒想聽聽是什麼問題讓公子這般特地？」她既是駱家人，便有著一定的教養與膽識，所以雖然心中害怕，但還是鎮定的輕啟朱唇，不慍不火地問道。

「在下只是想確認駱姑娘是否依然鍾情咱們家二少爺。」市井流言不可盡信的道理，童靖安早已領教過太多，所以她得要駱明銀親口確認。

「公子是何身分，為何唐突一問？」左思右想也算不到這人要問的竟然是她的私己事兒。

彎若新月的柳眉驀地皺了起來，駱明銀難掩狐疑。這位公子明明長得眉清目秀，雖然做出如此突兀之舉，可他的眸中卻無一絲一毫的歹意，難道他真的只是為了確認自己對炎二少的心思嗎？

「在下若有冒犯，還請姑娘多多包涵。其實在下詢問此事並無惡意，只是想確認姑娘的心意，以助姑娘一臂之力。」話是這麼說，可童靖安圖的卻是自己能夠盡快離開炎家。

這些日子，炎海任性格不變，不再日日流連花叢，只要有時間便會回府找她，他的改變讓她急了。

他若不拈花惹草，她又怎麼能安他一個罪名，好讓自己可以理所當然的休夫求去？

所以她思前想後，這才將腦筋動到了駱明銀的頭上。

這俗話說的好，這女追男不過是隔層紗，要是駱明銀肯放下身段，依她的身家和無瑕的容顏，興許真能勾得炎海任心動，讓她有足夠的藉口可以休夫。

「助我一臂之力？」駱明銀知道自己該離去，可是當炎海任的名諱入了她的耳，她便再也捨不得走了。

「是的，在下只是想要幫助姑娘得到妳想要的。」

「你究竟是誰？」

這人對她的事似乎知之甚詳，甚至能夠得知她會獨自一人在這，這般的有備而來，應該不是個簡單的人物。

「我是……」

童靖安揚起了一抹善意的笑容，然後伸手解開了髮辮，當那如黑瀑的長髮筆直的流瀉而下，原本俊逸的臉龐竟多了些許的嫵媚。

「我與炎海任剛成親，我想妳應該不會不知道我是誰吧？」

如她所預期的，駱明銀立即驚呼道：「妳是童靖安?!」

童靖安緩緩勾起一抹笑，看來駱明銀真的很在乎炎海任，才會如此關心他的一切。

「對，我就是童靖安。」她大方承認。

「既然是炎府的少夫人，為何這樣偷偷摸摸地女扮男裝前來相見，妳有什麼目的？」情敵相見，本就分外眼紅，駱明銀的臉色沉了幾分，卻沒失該有的分寸，只是冷然的問道。

「我女扮男裝，瞞的並非姑娘，而是炎家的老夫人，我不想在謀事未成之際，引起老人家的注意。」面對質疑，童靖安不慌不忙的解釋，「今日的相見確實並非偶遇，會這麼做，實是有事要同駱姑娘商量。」

「妳我之間會有什麼事需要商量？」

「我知道姑娘心儀炎海任已久……」

「這種市井小民之間的流言，也值得二少夫人拿來說嘴，妳難道不覺得太過小題大作了嗎？」

那話是質問，亦是貶抑，甚至暗諷著童靖安的無知。

對其話中有話並不在意，童靖安只漾起了一抹笑，直言說道：「我知道妳覺得我配不上炎海任這樣的男人。」

駱明銀沒搭腔，但眼神中的輕蔑已經很明顯的表現出認同這樣的說法。

「的確，身為乞兒的我，也自知配不上他。」

「所以呢？」連著兩句話，都說進了駱明銀的心坎裡，她終於忍不住開了口。

「所以妳是來嘲笑我堂堂一個駱家千金，卻比不上妳這個乞兒嗎？」

就知道她誤會了，童靖安連忙開口安撫道：「妳可千萬別誤會，我不是來示威的，我只是希望妳千萬不要放棄炎海任，甚至若妳願意，我可以幫妳得到他。」

「妳要助我去搶奪妳的夫婿？」這話荒謬得令人不敢置信。

這個女人費盡心機製造機會前來見她，只為了希望她能繼續傾慕她的丈夫，甚至還要助她搶奪自己的男人？

這個女人若不是瘋了，就是存心戲耍人。

「我不是一個可以任妳玩弄的人，我知道炎家這幾年發展得很不錯，但若真要惹上了駱家，只怕也是以卵擊石，這點妳不懂嗎？」

「我懂。」

正因為懂，才會鋌而走險，炎家該配的正是像駱家這樣的豪門貴冑，而不是她

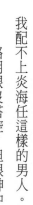

這種乞兒出身的媳婦。

「既然妳懂，就不該說出這種荒謬的話來戲耍我，這等於是將兩家的臉面都踩在腳下。」美豔無雙的臉龐不帶一絲笑意，駱明銀雖然年紀比較小，但教訓起人來，可自有一番架式。

瞧著駱明銀的反應，童靖安滿意地勾起一抹笑。看來她是真的挺愛炎海任的，甚至已經顧及到兩家的顏面。

這樣的姑娘，待在炎家應該會比她更加如魚得水吧！

「其實，我知道眾人都欽羨我的高攀，總是對我指指點點，可卻沒想過我一點也不想接受這樣的安排，想要離去，卻礙於與老夫人的合同而無法光明正大的離去，偏生我又不願偷偷摸摸，所以……」

「所以妳想要藉由我的介入而離去。」終於，駱明銀懂得她的心思。

「我的確是這麼希望。」

「妳該知道身為駱家的子女，是不可能與人做小。」

「我知道，我也不會讓妳屈居我之下，我會在妳入門的那天求去。」

「妳真的捨得就這樣離開？」

story by. 葉雙

聞言，駱明銀的心忍不住地漏跳了一拍，卻也沒忘了要小心翼翼的仔細確認。

要說自己真的不心動，那絕對是騙人的。

畢竟打從初見炎海任的那一刻，她就被他所流露出來的不羈與輕狂深深吸引。

雖然同樣出身豪門，但他卻過得很輕鬆，不似她那樣的拘謹，她常想，若是她能擁有他，或許也能擁有那份恣意，情意從此而生，她不懂怎麼有人願意將這樣的男人拱手讓人，她不相信。

將駱明銀的掙扎瞧進了眼底，童靖安為了取信於她，誠懇地將自己的想法娓娓道來——

「妳知道嗎，打我有記憶開始，我就沒爹沒娘，要不是大哥把我帶在身邊，我只怕早就已經餓死了。進了炎家之後，人人都豔羨我能從一個乞兒搖身一變成為炎海任的妻子，可他們瞧著我的目光之中，都夾雜著一絲的鄙夷。」

隨意折取樹上一朵燦開的桃花，不經意的把玩著，童靖安望著那朵花，不禁想起自己在炎家讓人指指點點，和炎海任不理不睬、不屑一顧的煎熬。

因為愛著炎海任，所以駱明銀知道自己該要討厭眼前這個女人，可不知怎地，除了一開始的不信任和輕蔑之外，她竟無法對她升起任何一絲討厭的心緒，甚至忍不住好奇地問道：「妳真的不記得自己從何而來？」
在回答問題的同時，童靖安的手忍不住撫向胸口，那兒掛著的是一塊石璧。
這塊石璧因為殘缺，所以並不值錢，正因為不值錢，才能沒有被街上其他的乞兒搶走。
繆哥曾經說過，要她好好收妥這塊石璧，因為這塊石璧很有可能是她尋根最重要的依據。
雖然她聽話的將石璧妥貼地戴在身上，卻從來不曾想過要藉由它找回親生爹娘。
對她來說，她就是一個孤兒，饒是真有爹有娘，在他們扔下她的那一刻開始，她心目中的爹娘就已經死了。
「駱姑娘，我今兒個來可不是來博取同情的，我是來替自個兒找出路的。」瞧著駱明銀那雙幽幽的水眸，竟然閃過了一絲同情，童靖安不免失笑，忍不住出聲提醒道。
她不需要任何人的可憐，她很清楚自己要的是什麼。
「呃……」心緒被點破，駱明銀的頰上驀地飄來一記羞赧的紅，不過她馬上恢復鎮定地問道：「妳真的想要這麼做，沒騙我嗎？」

伸手搭上了駱明銀的柔荑，童靖安的雙眸不閃不避，迎著她那審視的目光。

她的心不虛，所以雙眸一片清亮，瞧不出半絲的虛偽。

就是那眼神說服了駱明銀，也在那一瞬間，她相信了童靖安的真心。

「那妳希望我怎麼配合？」

「我想，我們或許能夠成為好姊妹，妳也可以時不時來炎家走動。」

近水樓台總是可以先得月，像駱明銀這種天之驕女，她才不相信炎海任在相處過後會不動心。

「我再問一次，妳真的確定要這麼做？」瞧著她自信滿滿的模樣，原該兀自竊喜的駱明銀，心中卻莫名添上一抹不確定。

雖然情敵拱手相讓，她該欣喜接受，可經過這番深談，她忽然有一種感受，這個女人似乎不像其他人口中那般粗鄙。

「我很確定，我的院落隨時都歡迎妳的大駕光臨。」

「為什麼不愛他？」駱明銀再也忍不住心頭的好奇，衝口而出。

就算自覺不配，可她明明有那麼好的機會，只要緊緊捉住就能永遠擁有這個男人，為什麼不要？

「我……」凝著駱明銀那雙明亮的大眼兒，童靖安有太多的話說不出口。

是啊，為什麼不愛他？

其實她不是沒試過放下心中的芥蒂，想多看看他的好，畢竟一旦成親，兩人就得相處一輩子，而她確實也曾被他的瀟灑不羈所吸引，甚至主動示好想同他說說話，他心情好時可能會回她一眼，但倘若心情不好，便會將她當成空氣般視而不見。

且她本以為他紅顏知己眾多，只不過是好事者的流言，沒想到某天和丫鬟外出替炎老夫人辦事時，不經意看到他和其他女人調笑曖昧的模樣，直到這一刻，她才真正醒悟，他對她的態度是永遠都不會改變了。

而且所有人都不曉得，其實炎海任的生母曾經偷偷來找過她。

她永遠也忘不了那天那位夫人是用怎樣極度刻薄的言語污辱她，說她連替炎海任提鞋都不配，想方設法地想要逼走她，既然如此，她又何須刻意討好，又何苦逼自己解開心頭的結，於是選擇將對他偷偷萌生的些許情意全都遺忘。

「放心吧，我不會出爾反爾的。」沉默了好一會兒，童靖安終於從自己的思緒中回過神來，以為駱明銀擔心的是這個，便毫不猶豫的許諾。

「我不是……」擔心這個。

駱明銀的話還沒說完，一道宛若蒼鷹的身影輕巧地落了下來，還沒來得及意識到童靖安的存在，駱醒言便連忙上下打量自家小妹，直到確認她毫髮無傷，這才數落道：「好妹子，妳怎麼一個人跑來這兒了？妳知不知道妳一不見蹤影，我就讓人在寺裡頭一寸寸的找，找得我急壞了。」

聞言，駱明銀笑了，她這個大哥啊，總是這麼緊張她，讓她忍不住地出言調侃道：「大哥，我能不見嗎？」

「這誰知道啊，妳可是咱們駱家的掌上明珠，誰知道會不會有人想要對妳不利！」

話才說完，駱醒言的眼角便瞧見還來不及離開的童靖安，瞧她那男不男、女不女的裝扮，原本帶笑的臉色驀地一沉。

「她是誰？」

「她是炎家的二少夫人。」

「二少夫人?!」

那不就是炎海任的妻子嗎？她為什麼會在這兒？還一身男不男、女不女的裝扮？

難不成她是因為市井流言，來找銀兒穢氣的嗎？

心中驀地閃過這念頭，駱醒言原本溫潤的眼神驀地揚起一絲冰冷敵意。

「她來幹麼？」

他家妹子心儀炎海任的事，早傳得沸沸揚揚，這個炎家新上任的二少奶奶已經迫不及待的想要來宣示主權了嗎？

捍衛的姿態才起，童靖安卻不以為意地朝著駱明銀淺淺一笑，自若的說道：「駱小姐可以好好考慮我的提議，我說過炎家的大門將隨時為妳敞開。」

說完，童靖安轉身便要離去，可駱醒言卻不願這麼輕易放人，伸手攫住她的肩頭，阻止了她的動作。

「駱公子還有事嗎？」

他的力道不小，弄疼了她，讓她不自覺柳眉緊蹙，但她沒吭一聲，只是靜靜地瞧著駱醒言問道。

「我警告妳，別妄想找咱們家銀兒的碴，她還有我這個哥哥，我絕不容許任何人傷她一分一毫。」

對於這番警告，她只是微微掀起一抹笑，然後用力掙開了他置於她肩頭的利爪。

這一抓一掙之間，童靖安頸上掛著的石璧冷不防的晃出衣襟，吸引了他的注意。

見那石璧，他驀地一怔，眸露驚詫地直瞪著童靖安，張唇，像是想要說些什麼，「妳……」

可是童靖安卻先一步說道：「駱公子，您且放十二萬個心，我對令妹並無惡意。」

話說完，她俐落地將自己的長髮束起，帽兒一戴，眨眼間，她又成了個風采翩翩的文弱書生。

怡然地邁了幾步，就在與駱明銀錯身之際，童靖安再次對她說道：「駱小姐，就請妳認真考慮了。」接著不再多言，昂首離去。

駱明銀看著她離去的背影，不知怎地，原有的敵意淡去不少，取而代之的是一股莫名的熟悉感，很突兀的心想，若沒有炎海任，她們兩人定能成為無話不談的好姊妹。

＊ ＊ ＊

她去了哪裡？

這個問題直到瞧見她閃閃躲躲地進門時，依然盤桓在他的心頭。

皺著眉頭，瞧著她那一身不男不女的妝扮，炎海任的心竟然莫名地焦躁起來。

隱隱地，他似乎猜到她特地變裝出府，應是為了她曾經說過的「離開」做準備，否則又何須如此偷偷摸摸的。

窗外天色早已暗下，而他事先吩咐過野兒不許掌燈，所以急匆匆溜進屋子裡頭的童靖安，並沒有發現他的存在。

冷眼看著她跨進了門檻，還大大地吁了一口氣。

就在她自以為神不知、鬼不覺，為完成計劃而竊喜，開心的想要褪去一身男裝時，突然間，她的背脊泛起了一陣寒涼。

她猛一回頭，便見炎海任竟然端坐在屋內那一片昏暗之中。

「嚇！」嚇得狠抽了一口氣，童靖安這才驚覺自己太大意了。

story by. 葉　雙

她早該發現以野兒的性子，只怕早在她一閃身而入時，就該呱啦呱啦地訴說著自個兒的委屈，怎麼可能會這般安靜無聲！

原來，這一切的安靜全是因為他的存在，看來原本該留在這兒守候的野兒早已不知被他遣去哪兒，才會沒法為她通風報信。

「你怎麼在這兒？」一陣驚嚇過後，好不容易回過神來的童靖安，語氣自然不善的質問道。

聽到她狀似不認錯的質問，炎海任只是挑了挑眉，神色自若的說道：「如果我記得沒錯，這兒該是我的院落，我不在這兒，該在哪兒？」

「我知道這是你的院落，但是你向來很忙，怎麼可能在這個時候便已回府？」難不成炎家的商鋪全都倒光了嗎？否則，今兒個怎麼會這麼早就回府，還殺她個措手不及。

「大哥說我新婚燕爾，催我回府陪妳這個新嫁娘。」

原本聽到大哥的說法，他還覺得有趣，半推半就的回到家，就當是賺得一天的清閒，只是沒想到……

他一進門就見野兒像活見鬼似的驚懼，問她什麼都支支吾吾的，他馬上心知事情有異，幾番逼問之下，這才知道原來她竟然女扮男裝的出門去了。

炎家雖然是大戶人家，可倒也不是多迂腐，有什麼事她不能光明正大的出門，反而要這麼偷偷摸摸？

他心下隨即起了疑惑，便端坐在這兒等她回來。

瞧她，那一身活像是在泥地裡滾過的髒污，她究竟幹什麼去了？

「妳究竟去哪了？」

「我只是……出去走走。」要說不心虛，真的是騙人的，她一向敢做敢當，所以突然之間要她扯謊，心中自然泛起一抹不自在。

瞧清楚了她的彆扭，炎海任更是好奇了。

他不是一個迂腐的男人，更不會認為女人就該大門不出、二門不邁，可瞧瞧她那心虛的模樣，讓他更想弄清楚，她究竟又在使什麼心計，好離開炎家、離開他。

「去哪兒走走了？」

「我去仰天寺禮佛了。」

絕不能說自己是去想辦法將他給賣了，所以童靖安只得半真半假的說道。

反正去仰天寺是真的，禮佛則只是個藉口。

「我怎麼不知道去趟仰天寺，會像去泥地裡滾過一回似的。」

炎海任輕聲說道，眸中泛起了濃濃的懷疑。

「我哪有……」

童靖安張口就想否認，可是當她順著他的眼神往自己的下半身一瞧，便驀然住了口。

「我只不過不小心摔了一跤，才會惹來這身狼狽，你別想太多了。」

她隨意地安了個藉口，誰知道他一聽到這話，霍地站起身，幾個踏步便將兩人之間的距離縮到咫尺之內。

「你想幹麼？」瞧他那來勢洶洶的模樣，她一時反應不及，連逃都忘了逃，只能杵在原地，驚懼地望著他。

「有沒有傷著哪？」

她以為他的怒氣會繼續昂揚，怎知他幽深的黑眸只是上上下下將她看了個仔細，雙手還輕輕按住她的肩頭，語氣裡更染著一抹擔心。

「我沒事！」

因為他那出人意表的緊張，讓她的心窩莫名一暖。

「沒事就好。」

鬆了鬆自己的手，卻彷佛還是不放心似的，又扶住了她的肩頭，小心翼翼地護著她坐下，還替她斟了杯茶。

「喝點茶吧。」

炎海任其實沒有遺漏她那一身不合宜的男裝，沒問，是因為知道她不會說。反正只要他有心，這世上沒有他查不出來的事兒。

想在商場上打滾，靈通的消息向來很重要，他有把握不需要花太多工夫，就會知道她去仰天寺做了什麼，或是見了哪些人。

他不問，只是溫柔對待，倒讓她感到有些尷尬，朱唇兒囁動了半天，終於還是忍不住問道：「你不問我為何女扮男裝？」

「妳想說，我就聽；妳若不想說，我又何必問。」鬥氣鬥了幾回，炎海任早已發現她那吃軟不吃硬的性子，所以不想與她硬碰硬。

那溫柔的語氣似能迷惑人心，教童靖安一時不察，嘴快地回道：「我是去……」話已經到了舌尖，她這才突然警醒的住了嘴，橫瞪了他一眼，說道：「我是去祈求佛祖讓我早日離開你、離開炎家。」

「是嗎？」像是麻痺了似的，以往每每聽到她要離開，總是陰沉著臉，眼神更像是要吃人似的，可這回他卻沒反應，只是淡淡地說道：「我想佛祖應該不會理會妳的請求，妳就別抱太大的希望了。」

「為什麼？」

「因為我並不打算讓妳離開。」

「你……」她就不懂他到底在堅持什麼，他們之間並無情愛，而且她也不似其他千金能以雄厚的財力助他一臂之力，他又何必總是執意，讓她在他的面前自慚形穢呢？

瞧她又冷下了臉，炎海任也不在意，只是逕自說道：「妳讓野兒備膳吧！」

「你要在這兒用餐？」

「不然呢？」他含笑反問。

這是他的院落，在這兒用餐也是天經地義，值得她那麼訝異嗎？

「我只是、只是……」

她吞吐了半天，卻說不出個所以然來，只好摸摸鼻子回房換回女裝，再靜靜地步出門外找野兒去了。

瞧著她那婀娜的身姿，炎海任的目光不自覺泛起溫柔。

相處這麼多年，他這才發現，原來這丫頭並沒有他想的那樣莫測高深，所有的心緒幾乎全都擺在臉上。

他知道她還沒有放棄離開，卻始終不解她的執意所為何來。

看來，是時候去找人問個清楚明白了。

故事怎麼那麼精采，好感動ㄋㄟ！

第四章

星子高掛，月兒兀自灑著溫潤的光芒，拂去了些許暗夜的黑。

如是美景，可駱醒言卻沒有心思觀賞。

獨處於滿是書香的書房之中，他沉著一張臉，端坐書案之後，腦海裡迴盪了一夜的問題只有一個——

她是誰？

是他眼花了吧！

他想這樣說服自己，可是他向來最自豪的便是眼力好、記憶力也好，所以絕對不會錯認。

那石壁是那麼的眼熟，眼熟到他一眼就能認出那塊石壁的出處，可世間上會有那麼湊巧的事嗎？

應該……不會吧！

儘管一再說服自己，可是駱醒言的心卻始終不能安。

伸手，朝著書案下方的突起處用力按下，聽得喀搭一聲，一個暗格便無聲無息地滑了出來。

他伸手，將格中的一張紙小心翼翼地取出來，緩緩地攤開。

即使原本還有一絲絲的不願相信，可紙上畫的石壁竟然和她脖子上戴的一模一樣。

難道，真的是她嗎？

這張圖可是關係駱家名聲的祕密，他向來小心翼翼地收藏著，甚至以為終將會是一輩子的祕密。

若童靖安真的是母親思思念念的她，那麼他又該怎麼做呢？

煩亂之間，他抬手就想將那張紙就著案前的燭火給燒了，可就在那張畫著圖騰的宣紙即將被火吞噬的那一刻，突然傳來幾記敲門聲，跟著便傳來了駱夫人的聲音。

「醒言，你還沒睡吧？」

「娘，您等會兒！」

因為早已摒退了侍從，所以一聽得娘親的聲音，駱醒言連忙揚聲，匆匆起身步至門口，伸手將門給拉開來。

迎進了母親，但見母親那眼底的暗影，駱醒言深知娘只怕又被心底的事兒給擾得無法入睡。

小心翼翼地攙著虛弱疲乏的駱夫人進了屋，他忙不迭拿起茶盞，倒了杯熱茶，塞進娘親的手裡，好教她暖暖身子。

「您怎麼又半夜起來了呢？」

「醒言，為娘的半夜裡驚醒，再也睡不安枕，這才想過來瞧瞧你，也想……」

駱夫人欲言又止，顯然有話想說卻不知怎麼開口。

「娘，您有話就直說，在孩兒面前，什麼都不用顧慮。」

雖非自己的親娘，可是他對駱夫人一向敬愛有加，駱夫人也一向將他視如己出，所以母子之間向來沒有任何祕密。

「我來是想問你，還是沒有雲兒的下落嗎？」

駱醒言其實早就知道娘是要來問這個，並不感到訝異，只是緩緩搖了搖頭。

但他始終沒老實告知，他不曾費心去尋人，當年的事對現今的駱家來說，依然是一個不能公開的祕密。

雖然心知娘親思女心切，可是他卻只能敷衍以對。

「當真找不著嗎？」駱夫人的臉上浮現一抹濃濃的失望。

當年她做錯了一件事，這事如今成了她心頭的一根刺兒，扎得她寢食難安。

本來這該是個永遠的祕密，可是駱醒言向來是個心細的孩子，早就瞧出了她的心事重重，經過幾次探問，她終究還是忍不住，將一切都告訴了他。

駱家家大業大，她剛嫁進來時，誠惶誠恐，滿心想要一舉得男，好穩固自己在駱家的地位。

有了身孕的她，天天憂慮害怕會生出個女娃，所以她娘就教了她一個法子。

在她即將臨盆之際，娘家向遠親買來一個初生的男娃兒，若她當真生女，便買通產婆將孩子調換。

有了這個男娃，她便像是吃了定心丸似的，所以當她一知道真的生了個女娃，便毫不猶豫地將那個偷偷抱進府來的男娃當成是自己所生。

然後便將女娃交由產婆偷偷帶出府，託付給堂妹，本以為堂妹夫家亦算富裕，女兒在那兒一樣能受到很好的照顧，她還能時不時前去探望。

誰知道人算不如天算，孩子才託去沒多久，堂妹家的鋪子便接二連三出了事，最後甚至在舉家南遷之時，在城郊遇上了盜匪，一家子皆殞命，而她那可憐的女兒也不知所蹤。

這事就像根針刺在她的心窩裡，教她日日掛念。

她並非是個狠心的娘，只是誤以為還有很多機會可以彌補女兒，甚至早就想好等自己的地位穩當了，便要找個名目將女兒光明正大的接進府裡疼寵。

誰知……造化弄人，她因為一己私心，失去了親生女兒的下落，心底兒就像少了一塊肉似的，終日鬱鬱。

「娘，您該知道這事難辦啊！」駱醒言伸手握住了她的手，輕聲說道。

努力地想要揚起一抹笑，她甚至不敢苛責兒子的辦事不力。

這個她抱來的孩子，其實很孝順的，甚至在他爹走了以後，他一肩扛起了駱家的所有責任，她實在不該再為難他了。

「娘知道是為難你了，可是娘真的很想在離世前，知道女兒是不是還活在這個世上。」

「娘，除了那塊缺損的石壁之外，娘是否還有其他可以證明她身分的東西？」

「這……」除了生產那日匆匆掛上的石壁，駱夫人哪還有機會再給她那苦命的女兒任何東西呢？

「如果沒有，孩兒只能說，您心中的希望若想要達成，只怕機會不大。」

「醒言，真的沒有其他法子了嗎？」

駱夫人一聽急了，激動的握著兒子的手，眸泛淚光，哪裡還有半絲當家主母該有的氣勢。

「娘，您先別急，孩兒只是希望您心裡先有個底，不代表一定找不著，若是您與大妹真的有緣做母女，絕對能相見的。」

瞧娘如此在意那個失蹤女兒的下落，他嘴裡安慰著，可是心底卻忍不住為駱明銀感到不平。

這些年承歡老人家膝下的人是明銀，可是娘對她總是冷冷淡淡，一心掛念的都是那個流落在外的孩子。

若真的有朝一日，流落在外的大妹被尋了回來，憑娘那一顆彌補之心，他已經

可以預見明銀的處境會更為艱難。

明銀從小就很懂事，從未埋怨過什麼，但他很清楚，她對於娘的不聞不問，難過甚深。

腦海裡驀地浮現明銀年幼時，總是埋首在他的懷裡，邊哭邊問他為什麼娘都不理她、看到她為什麼都不開心，心不禁一陣揪疼。

為了保住明銀的笑容，他會不惜一切代價犧牲任何人，包括明銀的親姊姊。

思及此，一抹狠戾急竄過他的黯眸，卻馬上被他隱藏起來。

「娘，您且放心，孩兒絕對不會放棄尋人的，為了一慰娘的思女之苦，孩兒就算傾盡所有亦在所不辭。」

「娘一直都知道你是個好孩子。」

「娘，其實明銀也很關心您，要不讓她時時陪陪您吧！」

正因為清楚知道無法與娘親近，一直是明銀心頭上的遺憾，所以只要逮著了機會，他便會想盡辦法拉攏兩人的關係。

「不用了。」對於兒子的提議，駱夫人只是淡淡的搖了搖頭。

她甚至不該怎麼將心底的話說出口，怎麼能親近呵！

每回只要見著明銀，她就忍不住想，若是當年沒有鬼迷心竅，那麼現在她便有一雙明珠，可她做了，也錯了。

所以只要一見著打小便養尊處優的明銀，她的心就忍不住為生死未卜的大女兒心疼。

找不到失蹤的那一個，又因為滿心的愧疚疼不了守在身邊的這一個，她想這就是老天爺給她最嚴厲的懲罰吧！

「娘，明銀也大了，咱們是不是也該為她訂下一門好親事了？」

總是這樣的，從小到大每一件事，駱醒言永遠妥貼地為駱明銀想好，甚至比娘還要關心她。

「這事，你做主就可以了。」她知道兒子一向疼妹妹，所以這事她丁點也不操心。

可她的放心看在駱醒言的眼底，卻成了漠不關心，再次激起了他對駱明銀的心疼。

「娘當真任孩兒做主嗎？」

「這是自然。」雖然兒子不是親生的，可是她向來疼他，視他為親生子，才會

story by. 葉雙

讓他年紀輕輕就登上家主之位。

「那如果孩兒想將明銀許配給炎家二少爺，不知娘意下如何？」

聞言，駱夫人眉頭微蹙，顯然頗不認同。

「炎家二少爺不是前些日子才成的親嗎？」

雖然一心思念失蹤的長女，導致她與小女兒始終不親近，可她並非不愛明銀，自然更不可能眼睜睜看著女兒嫁給人家做妾室。

「娘，明銀深愛那個男人。」駱醒言語氣深沉地說道，彷彿這麼簡單的一句話，就足以說明一切。

「就算是這樣，咱駱家是什麼樣的人家，怎麼可能讓明銀去做妾室，就算娘不顧臉面，親族大老又會如何的震怒呢？」難得的對兒子板起了臉，駱夫人正色地說道。「我看不如你這幾日就去請個媒婆過府，好好替明銀物色個合適的夫婿人選，早早將她嫁人便是。」

雖然與明銀頗為疏離，可她瞧得出來，明銀是個打從骨子裡頭倔強的丫頭，要是真讓她對炎家二爺死心塌地了，以後即使另行他嫁，這輩子只怕都要不快樂了。

「明銀要是真肯乖乖嫁人，孩兒還需要頭疼嗎？」

明銀那丫頭有多死心眼他最清楚了，她是真心喜歡著炎家二爺的，就算硬逼著她上花轎，只怕她寧願從上頭跳下來，也不肯妥協。

「你啊，就是太寵明銀了。要知道，你再怎麼樣終究只是她哥哥，不可能守護她一輩子，所以該替她想的，你總還是得要替她想啊！寵過了頭，難不成讓她一輩子待在家裡做老姑娘嗎？」駱夫人說得清淡，但那雙清明的眼神彷彿早已洞悉了一切。

這話聽進駱醒言的耳裡，總覺得意有所指。

「孩兒會有分寸的。」

「娘相信你知道該怎麼做才是最好的。」

希望這一切只是她想太多了！

她當真不肯來嗎？

日子一天天過去了，駱明銀還是沒有任何動靜，這讓童靖安忍不住開始著急，正在思付是否該找機會再去試探一下，就看到野兒走進廳來。

「二少夫人，方總管讓小廝來傳話，說是想問問翁家老爺子生辰，咱們該送什麼禮過去。」

這幾年，老夫人年事漸高，漸漸把一些瑣事交給童靖安和解慕真這兩個媳婦處置，所以像這種小事兒，管事們早已習慣直接找她們。

尤其童靖安向來心細聰穎，對各家老爺小姐的喜好知之甚詳，所以總管們一遇著了送禮的問題，便會先來詢問她。

「讓他準備五斤紅玉軒的白乾，翁老爺子就嗜杯中物，送上美酒最合他的心意。」她幾乎連想都不用想就立刻回答。

「那章家三少娶媳婦呢？」

「讓管家上庫房挑撿兩只上等翡翠手環送過去，章家夫人的眼光一向高，記得提醒他別拿那些劣等貨充數，章家可是咱們在商場上的好幫手，可千萬別得罪了。」

儘管心下煩躁，童靖安依然能夠有條不紊的將各房總管們遇著的困難，一一解決。

野兒問到答案後，向二少夫人微微行禮，便離去找管事。

她其實挺有兩把刷子的！

暗中觀察了好一會兒，炎海任正要從隱身的大樹下一閃而出，沒想到還沒來得及出聲，便見門房急急忙忙的跑了過來。

「二少奶奶……二少奶奶……」

「什麼事這麼急慌慌的？」

「駱家大公子遞上了拜帖，說有事要找二少奶奶談談。」

終於有動靜了嗎？

聞言，童靖安的臉上驀地浮現一絲欣喜，向來聽聞駱醒言極疼駱明銀，她相信他此番前來，必是為了此事。

她還以為努力就要石沉大海，沒想到出現了轉機。

想到這裡，她連日來的憂慮頓時一掃而空，腳下踩著的步伐也頓時變得輕快起來。

她快步走在迂迴的長廊上，因為過於心急興奮，以至完全沒有發現有人一直悄悄跟在她身後，跟著她走過蜿蜒的長廊，也跟著她穿過園子裡的小山流水，將她的一舉一動都收進眼底。

瞧著她那急切的身影，炎海任的眉頭驀地緊皺，心頭更是漫過一抹分不清原因為何的煩亂。

難道，駱醒言就是她費盡心機想要離開的原因嗎？

小時候剛知道有她這個乞兒娘子時，只覺得很討厭她，可是長大後，兩人並沒有任何交集，好像依稀記得她曾主動來找過他幾次，可剛好那幾次他都因為急著要處理公事，沒辦法多花心思理會，之後她對他的態度就變得極為冷淡，他也懶得和她多攪和，頂多只是把她視為日後的娘子，當真一點討厭或喜歡的感覺都沒有。

然而自從成親當日的那個意外，她的表現令他驚豔，時至今日，他常偷偷觀察她，意外發現她當真一點也不討人厭，處世沉穩大方、態度謙和有禮，有時還會不經意流露出小女人的古靈精怪，尤其她骨子裡的傲氣，更讓他相當欣賞。

這樣的她，愈來愈吸引他的注意，且想見她、想和她相處的感覺愈來愈強烈。

一想到這，他突然無法容忍她為了旁的男人興起一絲一毫的情緒。

煩亂之間，他甚至衝動得想要追上前去，將她真正的心思問個清楚明白。

突然間，一隻大掌罩上了炎海任厚實的肩頭，阻止了他的步伐，猛一回頭，便見繆成載端著一臉笑意站在他身後。

「成載，我這會有要事要先處理，你若有事，可否晚些再說？」

炎海任急急地朝著擋住他去路的繆成載說道，手一伸就要扳開他罩在自己肩頭上的大掌。

「你要辦什麼事，這樣殺氣騰騰的？」含笑，繆成載明知故問，並沒有因為他的急切而立時放人。

瞧這傢伙著急的模樣，要說他真的對靖安沒有一絲一毫的感情，騙鬼去吧！可瞧這兩個人，一個跑、一個追，要到什麼時候才能修成正果？

這事，不只他憂心，慕真也憂心，所以今兒個他才會特地來找炎海任這個遲鈍的傢伙，把童靖安的心結給說清楚。

「我……」衝口而出的話戛然而止，一股子的氣悶湧上了心田。

若是說要捉姦，也未免太過可笑，任何長點腦袋之人都不會做出這種蠢事，炎海任這才意識到自己的在乎太過，幾乎要失了理智。

「你急著想要去瞧瞧我的靖安妹子的腳步為誰而輕快，是吧？」也不拐彎抹角，繆成載直接的問道。

「我沒有！」儘管繆成載已經將自己的心思猜了個十成十，可是炎海任就是不願承認。

男人也有男人的面子，總是被拒於千里之外，他已經夠沒面子了，現在還要他當著旁人的面承認妻子的心不在他身上，那更是莫大的恥辱。

「我說你啊，與其總是與靖安這麼硬碰硬，不如和我聊聊吧！」靖安心裡的那個結，他最是清楚，以前不想點破，是想讓炎海任自個兒去摸索，可瞧他們現在這模樣，他終究還是看不下去了。

聞言，炎海任所有的急躁瞬間散去，一雙深邃眸子散發出急切的光芒。「那你快告訴我，為何她總是拒我於千里之外？」

瞧炎海任那一點也不扭捏的心急模樣，繆成載忍不住莞爾一笑。

「你當真那麼在意她的心思？」

「廢話，她是我的妻子，我怎麼可能不在意！」

這話說得好順口，就連繆成載也很詫異炎海任的直言不諱。

看來，炎海任這回可真是動了情了，因為他從來不曾瞧過炎海任為了哪個女人這樣著急過。

「她不過是個被硬塞給你的妻子，還曾經是個乞兒，值得你這麼著急……」

想要試試他對童靖安的感情有多深，繆成載故意這麼說道，誰曉得他話都還沒說完，炎海任已經揚拳重重揮向他那張含笑的俊頰。

「我不准你這麼說她！」

以前不是沒聽過這種話，可他從不放在心上，但今兒個聽到繆成載如此貶抑童靖安，他的心火便猛地全都竄了上來。

「這話可不是我說的。」莫名其妙被揍了一拳，繆成載也不生氣，反而笑得很滿意。

「不是你說的，是誰說的？」炎海任完全一副殺氣騰騰的模樣，彷彿隨時都能找人拚命。

「是你說的。」看來這小子早忘了自己說過什麼，活該他如今遭受靖安這樣的對待。

「胡說，我什麼時候說過這種話？」

「你忘了？你十歲那年，我們三個人才剛進府，你曾經闖入靖安的房裡，惡聲惡氣地對她說過這番話。」

「我……」他原要反駁，可是話到了唇邊，腦海裡便浮現出一個小男孩對著一個娃娃惡聲惡氣的模樣。

冷不防倒抽了一口氣，炎海任終於想通了所有的來龍去脈。

「所以……靖安如今這種冷淡的態度，全是我一手造成的？」

「沒錯。」

「冤枉啊！」想通了一切，炎海任卻忍不住喊冤。

那時候他不過是個孩子，又是一時氣憤，所以才會一古腦地說出那種傷人的話，他自己都忘得一乾二淨了，她幹麼這麼記恨啊！

「還有你親娘也曾入炎府，對靖安說些不堪入耳的話，所以她才會對你敬而遠之，一心想要離去。」

他們雖然年紀小小便來依附炎家，可也有自己的驕傲，當自尊三番兩次被折辱，他們只好用自己的方式保護自己。

「原來……」聞言，炎海任茅塞頓開，他終於懂得童靖安想避得遠遠的是什麼樣的心情了，也明白自己對她是什麼樣的感覺了。

心，驀地揪成了一團，那是他對她無限的心疼與歉意，還有……情意。

好一幅蒼勁有力的字畫，一筆一劃、一橫一豎，都讓人忍不住讚嘆。

駱醒言負手而立，頎長的身軀停駐在一幅掛在廳裡的字畫之前，細細觀賞，顯然對其很是著迷，那沉浸的姿態，就連童靖安進了廳都沒發現。

而她也不急著開口，並不想擾了他的興致，只是靜靜等待著。

她一向是出了名的有耐心。

雖然今日造訪的人並非她衷心期望的駱明銀，但他的到來也是一個退而求其次的選擇。

要離開炎家的路這般漫長，她不介意多一些人助自己一臂之力。

說實話，她著實有些急了，成親已經近一個月，炎海任卻不似她所預想的那樣流連花叢，甚至還每日都回到院落與她共食。

她知道府裡的人都在私下說著他們有多恩愛，唯有她知道，那一切不過是個假象，是她要的假象。

可在假象之外，她更希望的是他的放縱與浪蕩，就像還沒成親時那樣。

偏偏他卻極端不合作，他的安分守己讓她急壞了，甚至也嚇著了。

她怕……

怕什麼呢？

其實她也不清楚，只覺得每多相處一回，她的心便更急一些。

「二少夫人！」

感受到身後有道眸光凝視著自己，駱醒言回身，便見童靖安站在門口，眼神筆直地凝望著他。

「駱公子。」抽回了思緒，童靖安有禮的一福，落落大方地請他入坐。「您來找我，有事？」

「我想知道二少夫人是否真的有意求去。」也不拐彎抹角，駱醒言很是直接地問道。

這陣子，要不是他擋著，明銀那丫頭三天兩頭就想出府來找童靖安。

在他很有耐心的詢問之下，他這才知道原來那日在仰天寺並非巧遇，一切都是童靖安的精心安排。

「是！」迎著他充滿懷疑的眼神，她神色自若地點點頭。

看來，這個駱醒言真的如外界所言，相當疼愛明銀姑娘。

「為什麼？」

他不懂，所以問。

「因為我不想被說成是攀上了高枝，我寧願靠自己的力量飛上高枝。」炎海任的存在永永遠遠都在提醒她，她不過是個小乞兒。

「妳不像是個會在意他人眼光的姑娘。」

單憑童靖安那句話，就足以讓駱醒言多少對她改觀。

她有著駱家人的堅毅個性，更有一張和他娘隱隱相似的容顏，再加上那日不經意見著的那塊石璧，他其實已經可以確定她便是明銀的姊姊。

只是，他不能這麼貿然的替娘親認回她，因為這絕對會損及明銀的權益。

身為一個商人，他永遠都在計算著對自己最為有利的人事物。

很快的，他便知道該怎麼做了。

「若我能助妳一臂之力，徹底脫離炎家，妳願意跟我嗎？」斂起原本掛在臉上的淺笑，駱醒言用在商言商的姿態問道。

他的話讓童靖安結結實實地嚇了一跳，凝著他的目光也染上一抹不敢置信。

她耳背聽錯了吧？

認真說起來，她與他也算是第一回正式見面而已，有人一開口就這麼驚世駭俗的嗎？

「老實說，我很欣賞妳，若是妳願意，我可以幫妳達成妳的希望，只要妳成為我的妻子。」

這是他這陣子左思右想，得出來最兩全其美的方法。

這麼做，既能在不傷害駱家名聲的情況下找回童靖安，亦能讓他向來疼入心坎裡的明銀得到想要的男人，而苦思愛女的母親，一旦知道親生女兒嫁給自己最疼寵信任的兒子，必定欣喜若狂。

「不可能！」她想也不想就嚴正的拒絕。

「為什麼不可能？難不成妳說想離開炎海任，只是在騙明銀？」

「我沒有！」

她想不想離開炎海任，和要不要選擇他，有什麼關係？

況且她才不想傻傻的從一個坑跳到另外一個深坑，炎家和駱家都是赫赫有名的大戶人家，她壓根就沒興趣。

「我想離開炎海任是真的，但我並不想成為你的女人。」不理會駱醒言那無的放矢的臆測，童靖安沉著一張臉說道。「你放心，既然我話已經說出口了，便不會礙著駱小姐的路，駱公子何必要以小人之心度君子之腹。」

「我要妳不單單是為了明銀。」還為了他那極度思念女兒的母親。

「那還為什麼？」

「這妳不必知道，反正我要定妳了。」

他的心，早在許久許久之前就給了一個女人，為了那女人的幸福，他會不惜一切，就算巧取豪奪亦在所不惜。

「你憑什麼？」

童靖安不懂他安的到底是什麼心，可她也不是顆被嚇大的軟柿子，在他的威嚇之下，她抬頭挺胸與之對抗。

「就憑駱家的財勢勝過你們炎家，就憑我相信炎家不會因為妳這個乞妻而得罪駱家。」

這種大戶人家大多充滿著算計，有誰會為了區區一個女人去得罪掌握城內大半商路的巨賈。

「我倒不知道現在謀人之妻也可以講得那麼理直氣壯。」他那一番輕狂的言語，讓她忍不住反唇相稽。

「如果我記得沒錯，是妳自己不想做炎海任的妻子，這事難道不是妳起的頭嗎？」

「我只說過要幫助明銀姑娘得其所愛，並沒有答應要成為你的女人。」

「我要妳！」

驀地起身上前，駱醒言渾身散發出來的狂霸氣息，讓童靖安不禁皺起了眉頭。

她不懂他的誓在必得所為何來，疑惑地說道：「給我一個理由。」

對此，他抿唇不語，他不能告訴她，他這麼做只是自私的想要同時周全明銀和母親的願望，而且最重要的一點是，只要將她困在自己的眼皮子底下，便能確保她不會因為事後後悔，再去破壞明銀和炎海任的感情，且他也有自信炎海任沒有辦法從他身邊把人奪回去，如此一來，明銀便能放心的和炎海任在一起。

況且等事情都確定沒有問題後，他便會找機會告訴母親，童靖安原來就是她失蹤多年的女兒，童靖安也能因此重拾失去已久的親情和富貴。

不管怎麼想，其實最大得利者應該就是她了，他實在不懂她到底在堅持什麼。

「反正妳只要知道，我對妳誓在必得，以炎家的實力，只怕還不是駱家的對手，妳以為炎海任當真會為了妳傾盡所有嗎？」

第五章

花廳裡，童靖安像是失了所有力氣一般窩在躺榻之上。

她呆愣地望著窗外的藍天白雲，只覺得自己好像被困在一個絕境，進退兩難。

駱醒言的威脅像是一把利劍，硬生生地刺進她的心坎裡，讓她完全束手無策。

正因為心裡頭清楚，他說得該死的對極了，炎海任的確不會為了她這個乞妻傾盡所有與駱家對抗，所以她的處境顯得更為艱難。

如果費盡心思離開炎家，卻變成被禁錮在駱醒言身邊，那麼她不如……不如留下算了。

這個念頭才剛竄上心頭，突然間一隻大掌罩上了她的額，耳裡還竄入了炎海任低沉的聲線——

「妳怎麼了?」

才一進門便瞧她那完全失了氣力的模樣，他忍不住皺了皺眉頭。

早已習慣她總是挺直背脊，對一切都那麼理直氣壯的模樣，更習慣了她渾身散發出來的那股不讓鬚眉的氣勢，今日她一反常態，整個人懶洋洋的，倒教他不禁感到擔心。

倚著榻，童靖安眺望著遠方，今兒個的陽光很賞臉，拂去了眼前的霧氣，讓她連幾十里多遠的青龍山都能瞧得清清楚楚。

可眼前的美景，卻怎麼也看不進心裡。

「身子不舒服嗎?」見她依然失魂落魄的沒答話，他再一次探詢道。

抬眸，淡淡的掃了他一眼，依舊抿唇不語。

她今日這模樣，與見了駱醒言有關嗎?

當這個想法在他的腦海裡閃過的同時，他頓感心中一陣五味雜陳，那滋味竟微微地染著酸，嗆得讓人難受。

而她對他的視而不見，更讓他心慌與不安。

為了引起她的注意，他故意這麼說道:「我餓了，我要吃醉蝦、糖醋鯉魚、吊燒雞……」

「我讓野兒為你張羅。」不等他說完，她只是淡淡的回道，且沒有任何的不耐或受不了。

怪！

今兒個的她真的很怪，也讓人不習慣。

「妳究竟怎麼了？」扯住她彷彿像要飄走的身軀，炎海任終究無法對她的異樣視若無睹，語氣不免有些著急的問道。

抬眸淡掃，任由他握著自己的手臂，她既不掙扎，也不說話。

「聽下人們說，今兒個駱家公子登門造訪，難不成妳的失魂落魄與他有關？」她不肯說，他只好自己猜，丁點也不介意讓她知道他很注意她的一舉一動。

「我沒事，駱公子前來只不過是希望能為他的妹子找一個知心好友。」望了他一眼，她淡淡的說道。

「如果真是這樣，妳又為何這樣鬱鬱寡歡？」

終究瞧不慣她這樣死氣沉沉的模樣，他一時心急，不自覺加重了手勁，想將以往總是精神奕奕的女人給找回來。

「我勸妳最好快說，要不然我不介意去找駱醒言問個清楚。」

本來就是一個頗為缺乏耐性的人，如今又因為她的狀況而焦急，炎海任索性不管了，放開她的手，整個人猛地一回身，便像一輛無頭馬車般衝向門口。

「別……」還是那個躁性子啊！

童靖安心中的嘆息未完，便見他已經跨過門檻，她只好趕快從榻上起身，三步併作兩步奔向他。

不過她的速度哪能跟他比，只好著急的開口大喊道：「別去找駱醒言！」

他的步伐是頓住了，可是仍未轉過身看向她，甚至還有再邁步的態勢，為了能阻止他，無可奈何之餘，她加快腳步衝到他身後，索性兩手一張，將他整個人緊緊抱住。

「別去，我真的沒事！」她知道這樣的說法並不能使他信服，可卻也只能再次重申。

能拖得一時是一時，至少得拖到讓她想好了應對的法子。

這是他們相識這麼久一來，她第一次主動擁抱他，雖然明知道她只是因為一時情急才會這麼做，可感受到她軟香的嬌軀貼著自己，他忍不住一陣心猿意馬，不過他很快便回過神來，因為現在有更重要的事情要做。

「不行，如果妳不老實告訴我，我就非去找他不可。」

他緩緩回過身，輕輕拉開她的雙手，深幽的雙眸閃耀著熊熊烈焰。

童靖安看得出來，他是真心在為她擔心與著急的。

向來冷涼的心房驀地一暖，她望著他，忍不住問道：「為什麼這麼生氣？」

既然瞧不起她，又何必急著為她出頭？她與他就算是夫妻，但終究也只是名義上的。

「廢話！」沒好氣的冷喝一聲，這女人啥時變得這般蠢了！「咱們是夫妻，妳若讓人欺負了，不等於是我讓人欺負了嗎？」

他生氣，是因為她是他的妻子，任誰想要欺負她，還得問他肯不肯。

「但咱們……」

知道她要說什麼，他索性伸手捂住了她的嘴，不讓她把餘下的話說完。

「究竟是誰說咱們只能做名義上的夫妻的？」忍不住揚高了音調，他見她無法發言，索性一古腦地說道。「我們可是正正經經的拜過堂、行過禮的，只要妳願意、我願意，咱們就是一對尋常的夫妻，可以一輩子相守到老。」

這話出自向來輕狂的他的口中，怎麼聽怎麼不搭軋。

相守?!

像他這種天之驕子，懂得怎麼和人相守一輩子嗎？

即使她沒回話，炎海任還是能從她的目光中瞧出滿心的懷疑與不信任。

看來，這傢伙對他的偏見可不是普通的深啊！

要不是今天繆成載和他仔仔細細地長聊一番，他還真不知道原來她的冷淡與討厭，全都是自己一手造成的。

可那娃兒時的事，也能算在他的頭上嗎？

炎海任覺得委屈極了，放開了捂著她嘴的手，就在她想要開口的同時，先一步說道：「先聽我說……其實我從來沒有瞧不起妳過。」

「騙人！」

儘管他的眼神還帶著濃濃的警告，但是童靖安還是忍不住指控道。

「妳知道進大宅前，我是過著什麼樣的日子嗎？」

這些事，除了炎家較為親近的兄妹，其實沒有幾個人知道，他也從來不曾告訴過旁人，可不知為何，他就這麼自然而然地對她說了。

「那時我家三餐不濟，有時若能喝個米湯已經不曉得要開心幾天了，妳說，這樣的生活會比乞兒好上多少嗎？」

要不是他爹頂著炎家這個姓，只怕還真能拉下臉去乞討呢！

「怎麼可能？」聞言，她詫異不已地驚呼，但見他的神色並無半絲虛假，顯然是真的。

「我所說的是真的，妳若不信，大可去問雨陽便知。」

「就算這樣，也不代表你沒有瞧不起我啊！」搖了搖頭，她不需向其他人求證，因為她知道炎海任其實是一個不屑說謊的人。

他天不怕、地不怕，所以謊言對他來說，是沒有任何意義的。

「我也過過這般苦日子，怎麼可能會瞧不起妳。」是他運好，讓老夫人給挑中，從此才能過上錦衣玉食的生活。

「可是你明明曾經說過……」那傷人的話確實是出自他的口，除非他有孿生兄弟，否則還是無法說服她。

「如果我記得沒錯，那日我回本家去看娘，可是娘卻一直叨叨絮絮地說著老夫人的壞話，說她不安好心，才會給我找了個乞兒做妻子，那時我年紀小，哪裡懂事，只覺得聽著那些話便心浮氣躁，再加上堂兄弟們的淘氣訕笑，才會一回府就衝去給妳一頓下馬威。」

炎海任說著說著，俊毅的臉龐上驀地浮現一抹苦笑。

若是早知道自己的一時衝動會讓她恨上那麼久，他哪裡還會做出這等蠢事來呢？

平心靜氣地聽著他說，她心中的破洞彷彿被慢慢填補起來了，對他的厭惡也不如之前那樣強烈。

再加上這陣子炎海任小心翼翼的對待，童靖安只覺自己原本無堅實的心牆彷彿也開始變得搖搖欲墜。

經過了這陣子的糾纏，她似乎……對他有了不一樣的心情。

突然間，他伸出手，輕輕握住了她的柔荑，然後好認真、好認真的凝著她說道：「咱們可不可以忘掉過去的不愉快，從頭再來一回？」

「這……」

有那麼一時半刻，當她望著他那誠懇無比的眼神時，心念一動，很想點頭說好。

經過他方才的道歉和解釋，她心中原本藏著的憤怒和不平其實早已散去不少。畢竟事隔多年，當年的他也不過是個十歲男孩，遭人言語相識，難免沉不住氣，會說出這種卑視她的話也是情有可原。

多年心結，經他這掏心掏肺的一席話，早就解了不少。

可是一想到自己因為一時的大意，竟然惹來駱醒言那個絲毫不講道理的男人。

因為不想連累他，所以她又怎能答應和他做一對真夫妻呢？

從他那暖呼呼的大掌中抽回了自個兒的手，童靖安突然又板起了臉，說道：「誰希罕和你做真夫妻，我說過早晚有一日，我會休了你這個丈夫。」

「妳……」氣極！

他都已經把自己最不願對外人道的過去向她坦白了，她為何還是如此冥頑不靈？

難道她真的討厭他嗎？

可繆成載明明口口聲聲說她對他並非無情，他說當她幫著老夫人在打理宅子事情時，總是不忘偷偷為他添些他喜愛的上等茶，還有一些他喜愛的菜餚，也是她私底下為他所打理的。

就連上回他闖禍被老夫人重重責罰，也是她代為求情，他才能少受點罪。猶記得當他聽到成載敘述這些點點滴滴時，他有多麼的感動，那時他就決定要和她做一對真夫妻。

「當真那麼討厭我嗎？」

突然聽到他的問題，童靖安竟然不能肯定的答是，她只是默然的瞧著他，即使經過好半晌的沉默讓心緒平復，她還是什麼話都說不出來，也無法告訴他自己被駱醒言威脅的事，只能以輕輕點頭帶過。

接著她安靜的在他熊熊虎目的瞪視下，靜靜的從小院轉身往屋裡走去……

❀ ❀ ❀

昨天輾轉一夜未眠，直到天際泛起了魚肚白，童靖安才陷入黑甜鄉中，並且難得睡到了日上三竿。

好像打從成親至今，總是心事重重的她，似乎還不曾睡得這般饜足過，她揚手伸了個懶腰，想活動活動略顯僵硬的身子。

「咦！」手才往四周一伸，童靖安便輕咦出聲。

怎麼旁邊有個硬邦邦的東西，她記得她的榻上不應該出現這種東西啊！

榻，不對，打從搬到炎海任宅院的那一天起，她就沒睡過榻了。

突然察覺到不對勁，她嚇得連忙彈坐而起，一轉頭便見炎海任正笑意燦燦的望著她。

「你……你、你……怎麼在這?!」因為驚嚇過度，她連句話都說不完全。

「這是我的睡榻，我不睡這要睡哪兒呢？」

少了平素的氣定神閒，她現下這種慌亂可愛的模樣著實可愛多了！

「你的睡榻?胡說，我明明……」本來的理直氣壯，在她轉頭見不著窗櫺之後就開始氣虛，終至無聲。

她竟然真的睡在榻上！

怎麼可能？

她昨夜明明進了屋就往自己平常歇著的躺榻睡下，怎麼可能又會糊里糊塗地爬上了炎海任的床呢？

「為夫的倒不知道妳還是個口是心非的女人呢！」

「我……口是心非……」

腦袋瓜子還處在震驚過頭的紊亂之中，童靖安只能呆愣愣地重複著他那帶著調侃的話語。

「昨個兒妳還不答應同我成為真夫妻，結果夜半卻偷偷爬上了我的床，這樣難道還不口是心非嗎？」

見她難得流露出呆愣、完全摸不著頭緒的模樣，炎海任的心情突地大好，早知道她方睡醒時這樣可愛，他早就應該趁她睡著時，將她偷偷抱到床上，好好的偷香竊玉一番了。

趁她不備，他伸手又親暱地搔刮了一下她那柔滑細緻的頰兒，又將她摟進懷中，大享著這難得的豔福。

她又愣了一會兒，腦袋才清醒過來，這才意識到兩人此刻的行為有多羞人，掙扎著想要把他推開。「你……」

不過他怎可能輕易放她走，於是微微加重手勁，將她摟得更緊。

因為兩人的距離更加靠近，她的鼻端驀地竄進了他的氣息，耳中傳來了他穩健的心跳聲，令她愈聽愈著迷，不自覺忘了要掙扎。

甚至心下還有一種安心的感覺。

安心，怎麼可能呢？

在炎海任的身邊，她怎麼可能安心？他是那麼狂妄不羈之人，這幾年他雖沒闖下什麼大禍，可是小禍卻不斷。

「安兒……」他在她耳際低語輕喃。

懷抱佳人，那身子可不像她的個性總硬邦邦的，這種軟綿綿的觸感教他有些愛不釋手。

「我們……」她知道自己該推開他，可是卻又不自禁眷戀著那種安心的感覺。

那可是打從她懂事以來就渴望擁有的感受，好像只要這麼被他擁抱著，她就不用再害怕再次成為孤零零的一個人。

「咱們就做真夫妻吧！」

誰說不能假戲真做的，想要真正得到她的渴望，在他了解她的氣怒所為何來之後，變得更加強烈了。

他很想彌補自己年幼時不經意犯下的錯事，更心疼她所受的苦。

「可是……」

童靖安不得不承認，她的心有那麼一瞬間也有著同樣的渴求，對上他那真誠清澈的黑眸，她彷彿無止境的向下沉淪於其中。腦海中不禁浮現一個念頭，會不會……也許一直以來都是她誤解了他？

「二少夫人、二少夫人……您還在睡嗎？駱家小姐派人遞上了拜帖，不多時就要來瞧您了，老夫人交代過了，要您好生招待貴客。」

野兒突如其來的輕喚，喚回了她逐漸迷離的理智，也讓她回到了現實。

她怎麼忘了還有一個自個種下的禍根還沒解決？

整了整神色，在一個吐納之間，她的表情又回復往昔的清明。

掙出了炎海任的懷抱，毫無眷戀下了榻的童靖安，稍微拉整衣裳後，轉身面對他，一臉平靜說道：「我得快快著裝去招呼客人了，若是你得空，便一起來吧，我想駱小姐會很樂意與你聊聊的。」

「妳要我去？」

既然她偶爾會陪著老夫人在外頭走動，便不可能不知道對於駱明銀心戀於他的傳言。

她竟然還要他去招呼她？

難道她真的丁點兒也不介意嗎？

這女人真懂得如何挑起男人的怒氣，怒火焚身，炎海任恨不得能敲開她的腦袋，看看裡頭裝的都是些什麼。

可偏偏又捨不得傷了她，他怒眸一瞪，心念一起，不管三七二十一，伸長手環住了她的頸項輕輕往下一帶，然後精準無比地攫住她那豐潤誘人的紅唇。

當他的唇觸著了她的溫潤時，他立刻懲罰似的以舌撬開了她緊咬的牙關，放肆的追逐著她的靈舌，他的舉動看似粗魯，可是當他吮住了她的唇，那凌厲的攻勢驀地一轉成了細細的誘哄。

他的氣息太魄人，竟逼得向來性子剛硬的童靖安，也只能任他為所欲為的攻城掠地。

❀ ❀ ❀

「我勸妳最好別妄想把我推給旁人，妳該知道我的性子的，這輩子咱們糾纏定了……」

亂了……一切全亂了！

本來早已計劃好的一切，全都因為這陣子與炎海任的糾纏而全亂了。

且他稍早前的那一番話，在童靖安的腦海裡就像咒語似的，弄得她心神不寧。

「靖安姊姊，妳們炎府真是個好地方，就連這些牡丹都開得又大又燦爛呢！」伴著四溢的茶香和精緻可口的小點，再加上園子裡盛開的花兒，再想著等會兒說不準便能見著自個兒的心上人，明銀難得褪去了平日的端裝矜持，好似孩子似的驚呼著，一顆心只差沒飛到天上去了。

駱明銀的笑語將童靖安紛飛雜亂的思緒拉了回來，她連忙正正心神，回道：「說到園子的美，炎家哪裡比得過駱家，駱家既是城裡的首富，無論是華麗的大屋和園子裡氣勢恢宏的假山流水，可都是為人所津津樂道的。」

童靖安對於駱明銀那親人的態度漾起了一抹淺笑，這丫頭平素總端著千金小姐的貴氣架子，沒想到她一卸下了心防，竟是這般的親人。

打心底兒，她喜歡她。

可……想到自己目前的紊亂局面，再想到她兄長的盛氣凌人，還有她與炎海任之間愈陷愈深的糾葛，她的心就沉甸甸的，怎麼也無法舒展開來。

一抹愧疚毫無預警地瀰漫在胸臆，總覺得是自己的任性，將天真爛漫的駱明銀給扯進這團混亂之中。

「咱們家大是大了些，可就少了些許的人氣。」主屋裡住的就是她、兄長和娘親。

平素，大哥總忙得不見人影，而娘又老待在佛堂，偌大的屋子裡，除了那些滿嘴奉承的下人們，再無其他。

聽說炎家人口眾多，想來就連吃飯都香上許多呢！

瞧見她臉上那抹不經意閃現的寂寞，童靖安忍不住伸手握住了她的手，想要渡一些溫暖給她，帶著濃濃的關懷問道：「妳覺得很孤單嗎？」

聽聞，駱明銀這才驚覺自己似乎失態了，連忙收回手，笑著搖了搖頭。

童靖安見她似乎不想多說，會意的拍了拍她的手，便站起身要為兩人斟茶，就在傾身倒水之際，掛在頸項上的石璧就這麼滑落出來。

駱明銀眼尖，一眼便見那石璧兒眼熟，似是在哪兒見過那特殊的圖騰，於是連忙說道：「姊姊的項鍊好特別，可否借妹妹一瞧？」

「自然可以。」這塊石璧不值錢，總是戴著，也只是因為習慣了。

童靖安伸手將鍊兒解下，遞給了她，便繼續為她夾些小點和茶水。

「咦，這石璧上的圖案怎地這麼眼熟呢？」

「不過是個不值錢的東西罷了！」再價值連城的東西，一旦有了破損，也只不過是塊石頭。

「可這圖精緻得很，看得出曾經是個寶物。」

生在大家，從小便穿金帶銀，對於一些古玉古玩向來喜愛，也上了心研究過。她細細審視著手中只有一半的石璧，又瞧了瞧它的缺損，總覺得自己曾經瞧過璧上那奇特的圖騰，可一時又想不起來。

瞧駱明銀這麼認真把玩的模樣，童靖安也不急著討回來，兀自朝著身後伺候的野兒交代道：「讓人去瞧瞧二爺忙完了沒，若是他忙完了，就請他過來後花園一敘。」

「這……」應該立即領命而去的野兒，竟難得地像根樁子似的，一動也不動。

野兒對童靖安一向忠心耿耿，對於駱家大小姐想要「染指」他們家二爺的事更是有所聽聞，現在去喊二爺，不就活脫脫是把一塊上等的肉擺在老虎的眼前，任人掠奪嗎？

「快去！」

「可是二爺今晨說了，要出府去。」

「咦！」有這回事兒嗎？

「二少夫人，是真的，二爺今早和繆姑爺商量著要去城南瞧些新奇的玩意，還特別交代奴婢不用準備他的午膳。」

「這樣嗎？」

這怕是臨時安排的吧，腦海中冷不防想起早些時候炎海任那盛怒的模樣，他或許衝動但從來都不蠢笨，從他的憤怒看來，只怕早已察覺了她的意圖。

「姊姊，沒關係，瞧不著二爺也無妨，我瞧妳也是一樣的。」邊說，邊將手中把玩的鍊子還給了童靖安。

這段日子，向來對她有求必應的大哥對她的管教突然變得好嚴格，大門不准她出、二門不讓她邁，問他為何如此，也不明說，害得她總是心上懸著，苦於找不到機會過來炎府瞧瞧。

不過說也奇怪，前兩天大哥竟一反常態，跟她說要多出去走走看看，老是悶在家裡會生病，她本還半信半疑，但見大哥的態度不像是在開玩笑，便放心了。

本來今晨兒出門時，她的一顆心忍不住卜通卜通跳著，想到要見到炎海任還心慌得緊，可和童靖安這麼聊了一會，感受到她真切的關懷，彷彿從母親那感受不到的愛，都能藉由她稍稍撫平，雖然見不著炎海任讓她有一點點的失落，但好像也沒那麼介懷了，因為她得到了一個好姊姊。

「可是……」聞言，童靖安忍不住對她感到抱歉，連忙說道：「沒關係，等會兒咱們出去兜兜，看看能不能找著二爺他們。」

會這麼說，除了因為不忍一見如故的駱明銀失望，更不希望讓駱醒言那個疼妹至極的男人逮著了機會，好藉口對炎家報復，所以在她還想不著兩全之策時，只能做出這樣的安排。

有人這麼努力「兜售」自個的夫婿的嗎？

對於這樣的安排，駱明銀竟無半絲竊喜，只是不懂。

「姊姊很討厭二爺嗎？」

她從小就在兄長的呵疼下長大，自然養成了有話直說的個性，既然心中不解便要問出個所以然來。

「我……」討厭嗎？

還未成親之前，她是真的很討厭他，可是……

驀地，唇瓣莫名浮現一抹炙熱，今晨那一吻至今依然擾得她心亂紛紛。

等了一會等不到完整回答，駱明銀忍不住又問道：「如果姊姊不是很討厭二爺，為何這樣處心積慮的要將二爺讓給我呢？」

她不懂，這段時間思前想後，還是不懂。

「我只是……」該怎麼告訴駱明銀自己內心的掙扎與糾葛呢？

不討厭了，但卻已經不能安心留下。

「既然沒來由的討厭，那麼便來我家，做我駱家的少奶奶，如何？」

果真是說人人到、說鬼鬼來，童靖安才正準備腹誹那個既霸道又不講理的駱醒言，人便不請自來了。

怎麼，當他們炎家是自個兒院子，可以說來就來的嗎？

這時童靖安看到一名傭人慌張的跑來，心想一定是囂張的駱醒言不等下人通報，自個先闖進來，所以她向傭人使了個眼色，示意他先退下。

「大哥，你怎麼來了？」

一見自家大哥，駱明銀喜上眉梢，立刻起身帶著深深笑意迎上前去。

「來瞧瞧妳，擔心妳在旁人家做客，卻給人家添了亂子。」

「我才不會呢！」愛嬌的朝兄長皺了皺鼻頭，似是在抗議他對自己的不信任。

「妳這丫頭一向被我寵壞了，鎮日對我胡攪蠻纏，誰知道妳是不是也會對旁人這般呢！」

伸手，輕擰了下駱明銀的俏鼻尖，立時惹來一串銀鈴般的笑聲。

「大哥，人家靖安姊姊對我可好了呢，瞧這一道道她親手做的點心，吃得都快撐壞了呢！」

駱明銀吱吱喳喳地訴說著今兒個來到炎府的見聞，就像是剛出籠的鳥兒，快樂得就要飛上天去了。

難得見到妹妹的興致那麼好，駱醒言摟著她的肩頭，面容含笑地聽著，可炯炯有神的雙眸卻毫不避諱地直盯著童靖安瞧。

好不容易，駱明銀說得渴了，停下來喝口茶，便聽到駱醒言懶洋洋地說道：「這麼喜歡靖安姊姊，要不妳幫幫大哥，讓大哥得以抱得美人歸，將妳靖安姊姊娶回家做妳嫂子可好？」

「啊！」這天外飛來的一句話，登時讓駱明銀傻了。

只見她目瞪口呆地瞧著自家的兄長，好半晌才終於找回聲音，說道：「可是童姊姊已經嫁人了啊！」

「就算嫁人了，只要她願意，也是可以分離啊。大哥不是那麼迂腐的人，不會嫌棄靖安並非清白之身，更何況打小到大，只要妳喜歡的東西，大哥哪次沒有為妳辦到，再說妳不也一心癡戀著炎家二爺，她若成了下堂之妻，妳不就可以堂而皇之的和心愛的人在一起了嗎？」

「大哥，你……」頭一回聽到向來穩重的大哥說出這樣驚世駭俗的話，駱明銀不禁感到心驚膽跳，生怕觸怒了童靖安，連忙小心翼翼地望向她。

能這麼明目張膽的在他人面前討論這檔子事嗎？

但見童靖安聽到大哥的渾話也沒多大的怒氣，再瞧瞧大哥直盯著童靖安瞧的模樣，她幾番欲言又止，終於還是忍不住問道：「大哥當真喜歡靖安姊姊嗎？」

那聲音聽起來完全不開心，反而悶悶的，心頭甚至還漾著一抹莫名其妙的酸。

「妳喜歡誰，大哥就喜歡誰。」邊說，邊愛憐的用大掌輕撫著妹妹的頭頂。

童靖安並不是不生氣，尤其在她已經不討厭、甚至可以說有點喜歡炎海任之後，她更覺得駱醒言的自私和自以為是很惹人厭，但為了不在駱明銀面前表現出來，她極力壓下這份不舒服感。

而且也因為他們兄妹倆這番對話，她終於瞧出了兩人之間有什麼不對勁。

驀地，心頭總漾著的不解，全都在這個時候得到了答案。

這個駱醒言該不會……愛著自己的妹妹吧?!

這未免太過瘋狂了！

也正因為如此，駱醒言才會不擇手段的想要把她弄離炎府。

這一切全為了成全所愛之人的一片心思。

這男人……瘋了！

第六章

偌大的書房，一片寂靜無聲。

三個偉岸的男人各據一方，表情皆充滿肅殺之氣，完全一副生人勿近的模樣。

甚至就連平日總一副吊兒郎當的炎海任都是一臉冷然，眸中更是殺氣騰騰。

驀地，他那一雙厚實的手掌重重地一拍桌面，然後怒吼出聲，「這姓駱的王八羔子真的這麼說？」

「對！」

有人這麼明目張膽的想要強奪人妻嗎？當他這個為人夫婿的是死了就對了。

若非兄長們個個面色凝重，他真要懷疑自己剛剛聽到的不過是笑話一則。

「對，駱家今兒個又以極低的價格搶去了大半春茶的通路，再加上前幾天的米糧收購，看來是當真與我們炎家槓上了。」

環手而立，炎妙槐頭一回碰上這樣棘手的難題。

再加上平素的競爭對手見駱炎兩家對上了，更是見獵心喜，紛紛加入了戰局，這場仗打來，只怕格外艱辛了。

若是公平競爭，就算少了幾樁生意，他自然不會在乎，畢竟生意場上就是這般爾虞我詐，負勝本就難以預料。

可這回，駱家擺明了不擇手段，其他商行不但好整以暇的隔岸觀火，甚至時不時逮著了機會便湊上一腳，讓炎家可以說是腹背受敵。

平素一斤才十兩銀的頂級春茶，他一斤可以減到八兩銀子出售，這可是賠本的價錢。

駱醒言仗著駱家世代經商的雄厚財力，聯合其他商行壓低行情，擺明就是要將炎家逼入絕境。除了以極低的價錢傾銷春茶，讓炎家的茶行幾乎門可羅雀，就連江南的生絲收購，也刻意地將價格喊上了天價，讓他們的布裝幾乎搶不著絲。

沒了絲，生意還能怎麼做？

就連剛剛，一向同炎家交好的魯員外也特意登門致歉，說是被逼著也得加入這場熱戰，否則生意也要做不下去了。

這種種的傷害雖然不致產生立即的危害性，可是再過一陣子，狀況若是不解決，只怕炎家的產業便要宛若骨牌一般，一間間的關門大吉了。

他們自然也可以卯著幹，可是若長久以往，不啻也是一種傷害。

既不能姑息，又不能放任，這會兒才會讓他們三兄弟那樣頭疼。

「他這麼做的目的當真是靖安？」

「應該八九不離十了。」炎妙槐沉沉地說道。

前兩天，駱醒言甚至還讓媒婆上門來說親，說的不單單只是駱明銀和炎海任的親事，還隱隱暗示希望炎家能將童靖安相讓，如果兩家願結秦晉之好，那麼自然可以化干戈為玉帛。

「他瘋了！」

在座的兩人聽到炎妙槐的說法，簡直傻眼。

想來炎海任和童靖安可是規規矩矩拜過堂的，駱醒言此舉說是驚世駭俗也不為過。

「不，我不認為他瘋了。」就在眾人陷入一片摸不著頭緒的情況下時，繆成載突然開口說道。

「這樣還不算瘋，那要怎樣才算？」

「我倒覺得他這麼處心積慮的想要得到靖安，絕對有什麼隱情。」

「此話怎講？」

「駱醒言向來疼惜妹子，他若想要讓海任成為他妹夫，大可使計逼離靖安即可，可偏偏他就連靖安也想要，為什麼？」

他們兄弟幾個對於童靖安一心想離開炎家的事兒，多少了然於心。

那麼若是單單只為了炎海任，駱醒言甚至大可直接助童靖安一臂之力，讓她心甘情願地拿錢走人。

可他沒有，他不但要炎海任，也要童靖安，這點就足以啟人疑竇了。

「你的意思是，駱醒言對靖安只怕另有所圖？」

可圖什麼呢？

童靖安是個孤兒，沒有父母和親戚，就算頗有才能，是個思慮縝密的姑娘，但也說不上是個奇才，需要這樣來搶。

再說，雖然她的美貌算得上是拔尖的，可是較之於駱醒言在青樓中的紅粉知己相比，也只能說是伯仲之間。

若不為美貌，又不為權財，童靖安究竟為什麼值得駱醒言這麼大費周章的圖謀，除非——

像是忽然想到了什麼，繆成載的臉色忽爾一變，極為凝重。

心急如焚的炎海任見狀，忙不迭地問道：「成載，你想著了什麼嗎？」

「記得當我身世揭露的那一天，咱們曾經討論過一件事嗎？」

「你是說老夫人為何收留你、靖安和慕真的事嗎？」

那時他們都道老夫人真有眼光，替雨陽選了個繆家的未來家主，那時他們都在猜靖安和慕真會是個什麼樣的來頭。

可是偏偏他們猜來猜去，卻猜不出一個所以然來，後來也就不了了之了。

如今繆成載卻在這個時候提起此事，難不成駱醒言如此明目張膽的搶人，會與靖安的身世有關？

「所以，你的意思是，這回只怕是靖安的身世之謎惹的禍？」

不曾想過這層，可是也不無可能。

「大哥，咱們去找老夫人去。」

「要去找老夫人可以，但我得先問你一個問題。」

炎妙槐突如其來的話語，讓心急如焚的炎海任稍稍緩下腳步，轉身凝視著表情嚴肅的兄長。

「大哥，你問吧。」

「我是要問你，是不是不論娘給的答案是什麼，你都有傾盡所有也要護住靖安的決心？」

炎妙槐一向是個想得既深且廣的人，他得先要知道弟弟究竟有多少決心要護住童靖安。

「不計一切代價。」他目光炯炯，完全沒有猶豫地說道。

平素雖然吵吵鬧鬧，可那丫頭卻不知何時上了心，本來對什麼都不在意的他，卻總為了她而心煩意亂。

對他來說，她其實是個大麻煩。

可打從成親那天開始，無論如何被她氣得火冒三丈，甚至至今都不得圓房，可卻從未有過任何捨棄她的念頭。且他再也不對外頭那些紅粉知己感興趣，只想了解更多童靖安不同的面貌，甚至下意識的只要一得空、腦袋一放鬆，想的全都只有她。

愛嗎？

他不知道這是不是愛，他只知道他這輩子認定了她。

甚至不清楚自己是何時上的心，但想要護他的心意是那麼的堅定，這輩子，他絕對不會容許任何人欺負她的。

「你確定？」炎妙槐給了弟弟最後一次的機會決定。

一旦炎海任給了他肯定的答案，那麼就代表整個炎家會不惜所有，也要護住童靖安。

即使一次又一次的確認，炎海任的心思始終不改，只是淡淡的說道：「若是大哥憂心這麼做會危害炎家的利益，我可以自己處理的。」

他的心性向來狂恣，惹惱了他，就算天皇老子他都不怕，更何況不過是區區一個駱醒言。

聞言，炎妙槐冷不防給了弟弟的後背一掌，然後惡狠狠的警告道：「這種話你最好別再讓我聽見第二回。」

旁人都道他們炎家的孩子皆非親生，自然對於炎家的產業心懷不軌。

但炎妙槐很清楚，無論是自己或是成載，都不可能對這件事情袖手旁觀，他們雖非親生兄弟，可是胼手胝足的患難，讓他們的情感更勝於親生兄弟。

「是啊，笨蛋，難怪總是惹怒靖安，我看要靖安真心愛上你，難啊！」繆成載在一旁火上澆油地跟著說道。

好不容易炎海任弄懂了自己的心思，可這會還有一個比駱家更棘手的事兒在等著他呢！

縱然靖安心結已解，可是她究竟是不是真願意和海任廝守一生，還是個大大的問題。

炎海任最好有做好面對一切困難的心理準備，否則靖安要是一蠻起來，鐵定比駱醒言更難纏。

❀　❀　❀

「究竟在哪兒呢？」

嘴裡唸唸有詞，雙手更是不停地在母親房裡的箱櫃中東翻西找的。

「上回明明見過的，怎麼就不見了呢？」

駱明銀嘴裡咕噥著，手上還不停的翻找著，可就是遍尋不著。

「娘到底會將東西放在哪兒呢？」

駱明銀好認真的找著，丁點都沒有發現娘已經從佛堂回來了，正站在房門口，板著一張臉，瞧著她的一舉一動。

過了好一會兒，駱夫人才冷冷地問道：「妳在找什麼？」

「嚇！」突然其來的聲音嚇了駱明銀好大一跳，抬頭又見娘正站在門邊瞪視著自己，登時支支吾吾地說不出一句話來。

她對於母親一向害怕多於敬愛，旁人家的娘總是溫婉慈藹，可娘對待她總是冷冷淡淡的，就連她做錯事，也從來不罵一句。

有時她甚至免不了懷疑，自己並不是娘親生的。

「快說，妳來娘的房裡東翻西找，到底想找什麼？」

「娘，我……」冷淡再加上怒火，駱明銀頓時被嚇壞了，吞吞吐吐地說不出一句完整的話來。

該怎麼告訴娘，她來這兒只是因為好奇。

雖然只是幾年前的匆匆一瞥，但是她可以感覺得出來，娘有多麼珍視著那塊殘缺的石壁。

總是在旁人以為不注意的時候，下意識的撫摸著它。

她總想問娘那是什麼，可是從來不敢問出口。

直到這回瞧著童靖安的頸項上掛了一塊相似的半塊石壁，她這才忍不住好奇，想要把娘所擁有的那半塊找出來，好印證一下。

誰知道向來不在佛堂待到晌午不會回房的母親，竟然突然回來了，害得沒有想好說詞的駱明銀一時之間竟然不知道該如何搪塞，只能傻愣愣地望著她。

瞧著女兒驚恐的神情，駱夫人的心突然一揪，原本嚴厲的語氣也不自覺地放軟了些。

「我問妳在找什麼？」

「女兒、女兒……」雖然駱夫人的氣勢已不如方才駭人，但駱明銀仍是縮著肩，不知該不該說，一雙水眸急得都快滴出淚來。

幽幽長嘆，頭一回，駱夫人這麼仔仔細細地瞧著女兒，瞧清了她臉上的畏懼，她這知道自己又再次鑄下大錯。

因為失去大女兒的痛，讓她不敢對明銀花太多心思，平日也少與她親近，就連難得開口說幾句，語氣也會不自覺變得嚴厲或冷淡。

她不是不想當個慈母，也曾試著要疼寵明銀，可一瞧見她衣食無缺的幸福樣兒，她便無法敞開心胸面對她，總不自覺會想，此時此刻大女兒是否一人流落在外、是否被欺負、能不能溫飽，對大女兒的那份愧疚也愈來愈深，磨得她幾欲發狂。

到最後她只好離明銀遠遠的，因為只要不放感情，就不會再有這麼多複雜的情緒折磨著自己。

然而望著小女兒驚恐的神情，她才恍然明白，自己虧欠的不只是大女兒，連對小女兒亦是無限虧欠。

深吸了一口氣，她緩了緩臉上的厲色，緩步朝駱明銀踱去。

手才揚起，駱明銀便以為母親是想處罰她，頓時害怕得肩頭一縮。

見狀，駱夫人更是難掩心疼，難得的用極溫柔的語氣說道：「丫頭，娘不是要處罰妳。」接著掌心落在了女兒的頭上，愛憐的輕揉著。「妳老實跟娘說，妳要找什麼？」

震驚猶不足以形容駱明銀此時此刻的心情，那是一份她從來沒有自娘身上享受過的慈愛呵！

熱淚驀地奪眶而出，她終於感受到渴望已久的親情，自然激動難忍。

「我只是、只是瞧見靖安姊姊身上掛著的那半塊石璧，好像和娘有的是一對，可是又不確定，所以才想到娘的房裡把半塊石璧找出來。」

「妳說什麼?!」聞言，駱夫人的心一窒，簡直不敢相信自己所聽到的，雙手忍不住激動的緊握住女兒的雙肩。

難道……上蒼真的憐她嗎？

踏破鐵鞋無覓處，如今竟讓明銀自個兒找著了她的親姊姊?!

「娘……」駱明銀向來細皮嫩肉的，被母親這麼用力的一握，疼得眉頭皺成了一團，可又怕娘不高興，所以只好忍著疼說道：「我說我好像……好像見著了那石璧。」

「那人是誰？是誰擁有了那半塊石璧?!」

「娘，那半塊石璧是掛在靖安姊姊身上的。」

「靖安姊姊是誰？」這名字聽起來極為陌生，駱夫人忍不住想要知道多一些訊息。

雖然炎家娶媳婦算是大事，不過駱夫人已多年不問世事，自然不會知道炎家二少爺的娘子就喚做靖安。

「她……」

見母親神色著急，駱明銀半分也不敢擔擱，連忙開口想要解釋童靖安的身分，可話都還沒來得及說出口，甫走進來的駱醒言已經先一步搶白——

「童靖安，是在城東炎家做客的一個外地姑娘。」

他辦完事回到家，經過佛堂發現母親不像往常在裡頭唸經，也沒找著妹妹的身影，覺得不太對勁，尋到母親房外，剛好聽聞兩人後面幾句的對話，趕忙衝進來阻止妹妹說出口。

「醒言，快……快帶我去！」

駱夫人一刻也不願擔擱，放開抓著女兒的手，轉身急急忙忙地朝著兒子迎了過去，心急的催促著。

十幾年來，她天天都在為當年所做的傻事感到懊悔，以前為了駱家的聲譽，她隱忍再隱忍，不想讓這等醜事壞了駱家好不容易紮下的名聲，可如今她再也顧不了那麼多了，只想盡快見著女兒一面。

她得親自去確認確認，或許真是蒼天可憐，也或許是她的至誠感動上天，真讓她在遲暮之年，找到了失蹤多年的女兒。

「等等，娘……」

駱醒言費了好大的勁，好不容易才緩下母親的腳步，也趁機用眼神阻止一臉驚愕不解的妹妹亂說話。

「醒言啊……我等不急了。」蒼邁的眸中泛著點點淚光，她以為只有兒子才懂得她內心的苦楚，沒想到他竟然阻止了她。

「在事情還沒有確認之前，娘就這麼貿然前去，要是這事傳了出去，豈不有損娘的體面？」

「我管不了那麼多了！」

當年就是因為顧忌著眾人的眼光，不讓夫婿有藉口納妾，更為了鞏固自己的地位，所以才會一時糊塗，犯下大錯，如今她潛心修佛多年，早參透了這世間的名譽皆如浮雲，只要問心無愧，其他壓根不必在意。

「就算您不為自個兒想，難道不為明銀和整個駱家想想嗎？」駱醒言再次開口苦勸，駱家幾十年苦心經營的名聲和明銀的幸福，絕不能毀。

所以在大局尚未底定之前，他絕對不能讓母親和童靖安見面。

若是這時就讓娘確定靖安的身分，那麼明銀想要得到日夜眷戀的男人便再無可能。

所以他得拖，只要拖到童靖安下堂離去，炎海任和明銀訂下親事，那麼他就會用八人大轎將童靖安給抬回來，讓她好好的承歡母親膝下。

如此皆大歡喜的盤算，是萬萬不能被破壞的。

「可是……」

雖然心情激動，可駱夫人亦知兒子之言甚有道理，原本急躁的心情跟著沉澱了幾分。

「再說，您這麼貿然前去，要是嚇壞了人家怎麼辦？」見自己的勸說終於有了些許成效，他立時又加把勁說道。

終於，駱夫人冷靜下來，只是眸中仍難掩渴望之情。

知道此時此刻再多說什麼也沒用，駱醒言抬手朝著駱明銀招了招，說道：「咱們先出去，讓娘好好休息吧！」

「嗯！」雖然依舊滿腹疑問，但駱明銀很配合地扶娘親坐到床上，乖巧地說道：「娘，那我就不吵您了，您好生安歇吧！」

話音才剛落，駱醒言便忙不迭地拉住了她的手，一溜煙地離去。

❀ ❀ ❀

快步離開母親的廂房好一段距離後，駱醒言鬆開妹妹的手，放緩腳步。

可駱明銀好似還無法放心，穿著繡花鞋的小腳，顧不得可能摔跤的危險，步子反倒愈踏愈大、愈踏愈急。

「慢些，小心等會拐了腳。」

「怎麼慢啊，你都不知道我方才嚇死了，以為娘會大發雷霆，沒想到……大哥，還好你出現救了我，要不然娘這回不知還要發多大的火呢！」好不容易回到自己的院落，她邊直喘氣，邊忙不迭地說道。「不過大哥，你怎麼知道要來娘的房裡找我呢？」

從小她就覺得大哥是個無所不能的人，更是她的英雄，每回只要她有難，大哥都會及時出現。

「還敢問！要不是妳的丫鬟機靈，說一直找不到妳的人，焦急的跑來找我，我能得知妳又闖禍了嗎？」他隨便想了個藉口搪塞，接著馬上岔開話題，問道：「妳剛才究竟在娘的房裡找什麼？」

「找一塊石壁啊！我記得小時候明明瞧過娘身邊有一塊和靖安姊姊相同的石壁，好像是一對的。」

聞言，駱醒言的唇幾乎抿成一條線了，那嚴肅的模樣還真教駱明銀有些不習慣，為了緩和一下氣氛，她刻意將說書裡的橋段搬出來開玩笑——

「娘該不會有一個什麼失散的親人，得憑這信物找著吧！」

誰知道此話一出，兄長的臉色更沉了，嚇得她不禁整個人一縮，畢竟從小到大，大哥從沒對她露出這樣的表情。

彷彿看出她的害怕，他連忙堆起笑臉，食指微屈，輕敲她光潔的額際一下，有些寵溺的輕斥道：「還開玩笑！」

然而他的思緒卻轉得飛快，看來，這紙就要包不住火了。

今天要不是他臨時回府，又剛好聽聞兩人的對話，只怕娘早就自己衝去炎府認親了……不行，這事得盡快解決。

這一敲，敲得她額際吃痛，卻也敲回了她的滿腹疑問。

「對了，大哥，方才你和娘在說啥啊？為什麼我都聽不懂？而且為什麼要說靖安姊姊只是炎家的客人呢？」

見她胡亂揉搓額頭，駱醒言輕掃去她的手，然後輕柔地替她揉著額，閉唇不語。

這一切來得太快了，他沒想到明銀竟然眼兒這般尖，在他計劃未成之際就向娘提及此事，讓他有些措手不及。

「大哥，你怎麼不說話啊？」種種疑問在心裡兜著難受，她焦急得想要知道答案，但大哥不知在想什麼，似乎有些出神，她便伸手推了推他厚實的胸膛，催促道。

「丫頭，現在妳該管的不是這事兒。」身為兄長，他自然知道該怎麼引開駱明銀的注意，於是岔開了話題，含笑說道。

「咦，不是這個，那又是哪樁？」

「妳現在該擔心的，是怎麼讓炎海任答應娶妳為妻吧！」面對妹妹那毫無城府的表情，他忍不住出聲提醒。

如今時間已經不多了，駱家的財勢或許能壓制炎家一時半刻，可是卻無法一直佔有優勢。

再加上娘已經知道另一半石壁的存在，只怕也按捺不了太久。

所以唯今之計，只能在一切事實真相被攤開前，先行一步讓生米煮成熟飯。

「大哥……」不依地嬌喊了一聲，駱明銀水眸橫瞪，嗔道：「你就那麼急著想把我嫁出去嗎？」

「傻瓜，大哥所做的一切都是為了妳好，是希望有人能替大哥繼續寵著妳、疼著妳，而那個人必須是妳愛著的，也愛著妳的。」

言下之意便是，只要是她想要的，就算傾盡所有，他也要為她得到。

所以，他昧著良心，硬是要拆散童靖安和炎海任，也不讓母親知道其實童靖安很有可能就是她的親生女兒。

這一切都是因他愛這個丫頭啊！

因為深愛著她，所以不忍她有一絲一毫的不如意呵！

「大哥，可是靖安姊姊對我很好，我很喜歡她，所以……」

「那妳更該好好想法子捉住炎海任的心，妳的靖安姊姊才能如願地離開炎家啊！」

總是知道該怎麼說服妹妹，駱醒言雖然順著她的話說，卻依然將結果導向他所要的。

「可是……」聽著兄長似是而非的言論，她忍不住微偏著頭，總覺得好像有什麼不對，卻又說不真切。

「妳別再可是了，妳不是對炎海任很著迷嗎？他成親那日妳不是哭得慘兮兮的來找我，說妳恨死了搶走炎海任的那個女人嗎？丫頭啊，古人有云，人不為己，天誅地滅，妳可別因為一時的心軟，就放棄了妳真心想要的那個人，懂嗎？」

駱明銀聽得似懂非懂，雖然在大哥期許的眼光下輕輕點了點頭，可她的心卻越發感到不確定了。

「可是炎海任壓根不理會我，有時我去找靖安姊姊，見著了他，他只是一逕的冷淡，甚至連個禮貌的微笑都不給我，或許他真的不喜歡我呢！」

「大哥相信總有一天他會喜歡妳的。」

像明銀這麼樣的可人兒，誰能不愛呢？

✿ ✿ ✿

她究竟該怎麼辦呢？

凝望著銅鏡裡那個愁容滿面的自己，心思煩亂得難受。

她真的該屈服於駱醒言的威脅，離開炎家、嫁給她嗎？

離開，曾經是她最渴望的事，可如今當真面臨，她的心下卻又莫名生出了濃濃的不捨。

如今連她都快要搞不清楚自己的心了。

這幾日只要一個人獨處，她總會不自覺地想起抱著炎海任精實腰際的感覺，還有那充滿掠奪意味的一吻。

手，不由自主地撫向嘴唇，彷佛上頭還留有他的溫度，下一瞬間又像被燙著似的立即抽回手。

是戀上了嗎？所以才會裹足不前、才會不知道自己該怎麼做？

「二少夫人……不好了！」

「出了什麼事了？」瞧野兒急喘著氣、一臉慌張的模樣，童靖安連忙正色問道。

「聽說咱們城南的商鋪連著幾家都出事了！街上有好幾間鋪子都被燒光了，就連城郊的倉庫也被燒了一座。」

聞言，童靖安的眼兒一眯，對於這事的起因，心裡已經有了個底。

看來駱醒言真的是鐵了心的要拿炎家的命脈逼她屈服了。

他究竟為了什麼？

他望著她的眼神太清冷，一點也不似對她傾心，既然如此，難道只是為了要讓心愛的妹子有個好歸宿嗎？

不，這個理由太薄弱了，如果真只是這樣，驅離她便是了，不用逼著她去駱家，更不用娶她。

他……究竟在想什麼？

「損失嚴重嗎？」

「聽說損失是還好，只是、只是……」

瞧野兒這樣吞吞吐吐的，她心中驀地竄起了一陣不安，連忙催促道：「妳快把妳知道的都告訴我。」

「只是今年唐員外向咱們訂製了一批上好的生絲，是訂了合同要如期交貨的，如若不能交貨，怕是要賠上不少銀子。」野兒哭喪著臉回道。

唐員外那批貨她是知道的，幾十萬匹啊，這會兒倉庫和鋪子都被燒了，炎家幾年來積攢的商譽和財富，眼看就要毀於一旦了。

駱醒言這步棋可是往炎家的命脈打去，炎家雖然家大業大，可也禁不起這樣的萬一啊！

「除了這些，還有什麼事？」童靖安沉聲問道，總覺得情況絕對比這更糟，否則野兒不會嚇得直發抖。

「也不知道咱們炎家是著了什麼道，前些日子，城西的萬大爺派了家僕上咱們酒莊打酒，結果才喝了幾口，便口吐白沫倒地不起，萬家人一氣之下告上了衙門，說是酒有問題，非要咱們給個交代。」

「這事妳是聽誰說的？」

童靖安愈聽愈覺得不對勁，照理說出了這麼大的事，她不可能不知道，可卻連半點風聲都沒聽著。

就連向來主掌炎家的老夫人，都沒同她提過，那種感覺就像她是唯一被蒙在鼓裡之人。

這是為什麼？

「是守門的李衛在同我閒聊時，不小心說溜嘴的，他還千交代、萬交代，讓我不能同妳說，因為二少爺吩咐過這事絕對不能讓妳知道，還下令若是誰將話傳了出去，就別想在炎府待下去。」

只瞞著她，為什麼？

不行，她得去找他問個清楚。

▲▲▲閉上眼休息一下，這樣才健康。

第七章

「妳來了？」

坐在房內的桌前，原本因煩憂而緊鎖的劍眉，在見著她的那一瞬間完全舒展開來。

但見她臉色沉沉，炎海任便知道她所為何來。

「為什麼不告訴我？」

炎家因為她面臨了有史以來最大的劫難，為什麼他還能這樣笑著面對她？

若換了旁的男人，只怕早已視她為災星，連夜將她打包扔出府去，可他卻選擇了獨自面對，也不願讓她掛心分憂。

「不告訴妳是因為不想讓妳擔心，妳總愛將所有事全攬上身，生怕旁人會以為妳是災星。」

炎海任向來率性，一旦認清了自個兒的心意，講起話來也是直接得很，絲毫沒有掩飾對她的情意。

「可是，這事真的是我招來的。」她不是一個會逃避的人，事已至此，她再不敢有任何隱瞞。

若非她之前一心一意地想要離開，也不會招惹上駱家兩兄妹，如今炎家又怎麼可能面臨這樣的境況呢？

「就算真是妳招來的，那又如何？」挑了挑眉，炎海任霸氣十足的說道：「妳是我的妻子，是炎家的二少夫人，本來就有招事的權利，這天就算塌下來，也還有我能為妳頂著。」

「你……不怪我嗎？」對於他這番話，說不感動是騙人的。

雖然已隱隱察覺到為他動了心，但她總是不斷地說服自己，那也許只是因為他成親後態度變得極好，導致她一時迷惘，且他雖然抱過她、吻過她，也說過一些會讓人心動的話，卻從來沒有認真的說過喜歡或愛她，更何況她一直認為終有一天要離開，怎能再讓任人事物，甚或感情拖住了腳步。

但如今見他毫不遲疑地扛下一切，她的心在這一刻有了決定。

這個男人值得！

「你……這是在寵我。」漾起一抹笑，她不是問，而是確信。

她以前怎麼會先入為主的以為他是個沒有擔當的男人呢？這男人一旦為某個人上了心，就是千軍萬馬橫擋前，只怕也不在乎吧！

原來，幾度尋尋覓覓，驀然回首，良人卻早就在身邊。

熱淚再也隱忍不住的奪眶而出，他的話聽似狂妄不羈，卻字字入心。

「寵妳又如何，我就是要寵妳，寵得妳無法無天，寵得妳再也沒心思盤算著要離開我，更寵得妳心甘情願嫁我為妻。」

「不怕寵壞了我嗎？」

從小孤苦，即便進了炎家，也是戒慎恐懼，她從來不讓自己有任何犯錯的可能。

這樣的辛苦，她從來不曾向任何人傾訴，自然也沒有人發現她堅強的外表下，其實也有一顆渴望疼寵的心。

而他，竟然瞧著了，並且成全了她那不為人知的渴望。

就在這一瞬，童靖安的心不再猶豫徬徨，從此掛上了他。

「告訴為夫，究竟是哪個人這樣嘴碎，我得去剝了他的皮。」雖然知道她早晚一定會知曉，可他還是希望她能愈晚知道愈好，因為晚一天知道，她便能少一些憂心。

自從確定了自個兒的心思，他坦然接受，更不再遮掩，眸光和眉目之間皆有情。

他長手一撈，輕易地便將童靖安給密密實實地摟進懷裡，他欣喜於她的沒有掙扎，甚至還能好心情的出言調侃。

「今兒個這麼乖？」

「你……」童靖安一觸及他那溫熱的胸膛，一股子的熱意便衝上了雙眸，忍不住淚光閃閃。

炎家這回的大難是她招來的，如果當初不要這麼恣意妄為的去找駱明銀，進而招惹到駱醒言，那麼這一切或許就不會發生了。

他還是可以做他悠然自在的二少爺，炎家依舊可以在大哥和他們兩兄弟的同心協力之下，日漸茁壯。

想到這一切都應是她的責任，現在要他來扛，於情於理她都擔不起，更為他感到心疼，眼淚不禁掉得更兇。

「嘖，什麼時候咱們剛強的靖安倒成了柔弱的小花兒。」

攬腰，一把將纖細的她抱了起來，往回踏了幾步，再次坐回桌前，並讓她安穩地坐在他的膝上，兩人就這麼眸對眸的對視著。

伸手，輕輕拭去她的淚，炎海任柔聲說道：「乖，別想那麼多了，這事我會解決的。」

聽了他的話，童靖安微微一頓，這才輕輕地點了點頭。

「乖！」

輕撫著她黑緞般的長髮，望著她豐潤的紅唇和挺俏的鼻頭，他的心驀地起了一陣陣的波瀾。

心旋而意動，抬起手挑勾著她襟前的盤釦，一顆、兩顆、三顆……

他慢慢的解，一雙幽眸眨也不眨地望著頰畔紅雲漸起的她。

他在等待她的抗拒或是接受，但她卻什麼反應都沒有，只是明目圓睜地瞅著他。

「妳願意成為我真正的妻子，一輩子和我相守、不離不棄嗎？」

童靖安的唇微微顫抖，想要開口，卻怕語不成聲，於是什麼話都沒說，只是學著他的動作，一顆顆解開了他胸前的盤鈕。

心漲得發疼，手緊張得發抖，可是童靖安的心裡，卻沒有一絲一毫想要退縮的念頭。

迎著他，她主動送上自己的紅唇，卻笨拙地不知該如何挑弄他。

但對他而言，再也沒有比這更好的鼓勵了，當兩唇相貼的那一刻，他不自禁地發出一記低吼，宛若矯捷的猛獅，攔腰將她抱起，帶至了榻上。

凝著她胸前宛若凝玉的雪脂，襯著的是那塊她口口聲聲說不在意、卻時時刻刻掛在胸前的半邊石璧。

探手，細細地把玩著，接著輕輕問道：「妳想知道自己的家在哪兒嗎？」

緩緩地搖搖頭，童靖安的唇角勾出一抹淡淡的笑。「你就是我的家。」

或許曾經想過、恨過、怨過丟下她的爹娘，可是他那宛若大海的包容和疼寵，已經讓她不再奢求。

就當是緣淺福薄吧！

有時候，不知道其實也很好。

「是嗎？」沒有遺漏她眸中一閃而逝的渴望，他將那份渴望擱進了心裡，細細地收藏著。

傾身，他看似兇猛，實則柔情似縷地吻住了她的紅唇。

兩唇交合，輾轉纏綿，只願此生共度。

休書，很好！

她竟敢在一夜纏綿之後，扔下這張休書給他，然後再夾帶一封信，要他另娶駱明銀，好解了炎家的燃眉之急，人便躲得不見蹤影，他當然氣得當場就把休書給燒了。

而且任他派出再多人手，依舊找不到她的下落。

這個女人真是膽大妄為到了極點。

她以為這樣就能擺脫他嗎？如果真這麼想，未免也太過天真了吧！

從她失蹤那夜算起，已經十來天了，因為沒有關於她的任何消息，他也越發的心浮氣躁。

「二少……」怯生生的一聲細喊，駱明銀一見炎海任那沉鬱的眼神，竟不自覺地有些害怕。

昔日讓她眷戀的飛揚俊顏，如今總被一色的鐵青所取代，就連向來掛在唇瓣那似有若無的淺笑，也早已消失無蹤。

對於這樣的他，駱明銀甚至是有些畏懼的。

「你剛才說的是真的嗎？」

如果她沒聽錯，他方才是說要請媒人去家裡頭說親，擇日再娶，迎她為妻。

她本以為聽到這個消息她會欣喜若狂，可是……除了感到一絲絲的害怕，再無其他感受。

凝望著他，駱明銀雖然害怕，仍忍不住問道：「我可以知道你為什麼要娶我嗎？」

他冷冰冰的眸裡沒有一絲情感，彷彿只是在做一件自己應該做的事一般。

「因為我的娘子該死的希望我娶妳。」他的語氣充滿氣憤。

那賭氣的模樣讓駱明銀感到滿腹的困惑。

「你的意思是，若非靖安姊姊擅自休夫，你不可能娶我？」沒有一絲的傷心難過，她維持一貫的鎮定自若問道。

「廢話！」他粗魯且沒好氣地回道，整個人瞧起來就像一頭發了狂的猛獸，見人就要咬。

如果他對她有意思的話，哪裡還會擺著這朵鮮花兒不摘，跑去娶那個不識好歹的女人。

被他吼得腦袋瓜子亂烘烘的，駱明銀皺著眉頭，過了好半晌才又問道：「所以就算你娶了我，也不可能愛上我？」

「對！」

聽他回答得毫不猶豫，她的心突地一窒，看來郎心終究不在她身上。

「可是靖安姊姊明明說……」

這些日子，炎海任時不時就會到駱府走動，雖然每回來都是若有所思，但她還以為那是因為他心緒不佳，總是使盡渾身解數想要逗他開心。

她滿心以為，只要再不多時，他一定會發現她的好，也會愛上她。

可瞧著他那冷然的目光，她這才如夢初醒，那不是一個男人在瞧著心儀姑娘時會有的眼神。

「她說什麼重要嗎？」一聽到她提起童靖安，炎海任滿肚子的火又急竄而上，語氣更是充滿不耐。

「那你這十幾來日又為何頻頻造訪？」她還一心以為是自己守得雲開見月明了。

「自然是來找人的。」

「找誰？」本以為他是來找她的，可現在看起來完全不是那麼回事兒。

「自然是找那個該死的童靖安。」

「找靖安姊姊?!」

她也聽聞靖安姊姊失蹤的消息，可他怎會找人找到她家了呢？

「可靖安姊姊沒來啊！」

「我知道她沒來這。」他有眼睛會瞧，這陣子他已經造訪炎家不下數回了，自然知道童靖安不在這兒。

可人不在這兒，並不代表來這兒找不著她的下落。

「既然知道姊姊不在這兒，那你還……」

她的話還沒說完，炎海任不耐煩地打斷道：「人我是找不到，但線索一定有，我相信靖安這回的失蹤，和妳大哥脫不了關係。」

幾乎翻遍了整座京城，卻找不到任何線索，唯一的可能便是童靖安被人給藏起來了。

再加上近來原本來勢洶洶的駱醒言，突然不再找炎家生意上的麻煩，種種跡象顯示他的懷疑絕對合理。

「怎麼可能？」聞言，駱明銀好像聽到了什麼天大的笑話似的，忍不住笑了。「大哥與靖安姊姊無怨無仇，何必做這種損人不利己的事。」

望著她笑容燦燦的模樣，炎海任無奈的搖了搖頭，但見她眸中那片無偽的清澄，微微嘆了一口氣。

「妳難道不知道妳大哥為了妳，什麼都敢做嗎？」

他甚至懷疑駱醒言對駱明銀的感情絕對不是一般的兄妹之情，如果他的猜測沒錯，那個男人其實深愛著駱明銀。

正因為深愛，所以用盡心機守護著她，也為她掠奪，就如同他對童靖安的感情，不容許她受半點委屈，也不允許她竟然一聲不響的離開。

「大哥是很疼我，可是他絕對不可能做這種事。」

「妳大哥不只是疼妳，他是愛妳，而且已經著了魔。」

那日他們幾個兄弟去找白鳳仙懇談，終於從白鳳仙的口中證實了童靖安的真實身分。

堂堂一個駱家大小姐竟然陰錯陽差地淪為乞兒，因為靖安的關係，其實娘親一直都在注意駱家的動靜，也知道他們有私下派人尋找。

原本娘是想等他與靖安成了親，就讓他帶著她回駱府認親，好一解人家親娘的相思之愁。

想來娘多少是想要藉著靖安和駱家拉上關係，好壯大炎家的家業。

誰知道駱醒言竟愛妹成癡，只因為不想讓妹妹受到丁點委屈，又想不著痕跡地將童靖安帶回駱家，便拿炎家的家業和安危威脅童靖安，要她成為他的妻子，而將駱明銀強塞給他，這樣他既能讓駱母一解相思之苦，又能替妹妹奪得心上人。

這或許是個一石二鳥之計，可惜的是，他炎海任從來就不是個怕事的人，用不著娘子犧牲自己好周全炎家。

「胡說！大哥怎麼可能愛我，我與他是親兄妹啊！」

聽到這幾近驚世駭俗的話語，駱明銀結結實實的嚇壞了，她倒抽了一口冷氣，連忙駁斥。

「問題是，妳當他是親哥哥，他卻沒當妳是親妹妹，因為你們本來就不是親兄妹。」

他仔細想過了，解鈴還須繫鈴人。

這事還是要從駱明銀身上下手，所以今日便是要來同駱明銀說清楚一切，好讓她替他找人。

「你在胡說些什麼啊？」

一個她喊了十幾年大哥的人，竟然不是親大哥，怎麼可能呢？

「妳真正的血緣之親是靖安，不是駱醒言。」

他才不管會不會嚇著駱明銀這個嬌嬌女，炎海任現在唯一在乎的就是童靖安的下落。

雖然他知道童靖安大抵是被駱醒言給藏起來了，暫時應該安全無虞，可他一日不親眼瞧見她的人，他的心便煩躁得一日勝過一日。

「不可能，靖安姊姊怎麼可能是我的親姊姊？」

駱明銀難掩震驚，心緒更是百轉千迴，不過她很快平復下來，在心中自行為炎海任的說詞找了一個合理的藉口。

想來他應該是被靖安姊姊的失蹤給氣瘋了，找到對象就隨便亂出氣，才會說出這種莫名其妙的話。

她早聽說靖安姊姊年幼時是個遭人棄養的乞兒，想她駱家是什麼樣的人家，怎麼可能任由血緣至親流落自此，又說大哥對她有深情摯愛、童靖安是她的親姊姊，這一切實在太匪夷所思了，她寧願選擇相信這只是一場笑話。

還好今兒個大哥因為有急事出門了，否則要是讓他聽見了，只怕會氣得當場把他揍一頓。

看她的表情，炎海任就知道她不相信，連忙提出佐證，反正今兒個他是豁出去了，管他什麼祕辛不祕辛，他只求能盡快找到童靖安。

「妳瞧過靖安脖子上掛著的石璧嗎？」

「有一回不小心瞧見過。」

「妳仔細想想，妳在駱家沒沒有瞧過相似的東西，或是與它成一對兒的石璧？」

既然駱母派人找尋靖安，必思女之至，定會將另外半塊石璧攜之於身，駱明銀既是她的女兒，不可能沒瞧過。

聞言，她隨即想起當日她去找尋石璧時，娘與大哥之間的對話，頓時心下一驚。

莫非他所說的是真的?!

「就算如此，也不能證明童靖安是我姊姊啊！」

僅憑一樣證據未免太過單薄，駱明銀還是很難相信這是真的。

「妳以為駱醒言為何執意要我與靖安和離，然後迎娶她入門，甚至不惜傾盡所有、兩敗俱傷？」

「自然是因為大哥傾心於她。」她回答得很理所當然。

但他卻覺得她太過天真，不禁搖頭失笑。

「妳大哥和靖安才見過幾次面，難道便已愛入心骨，還這樣鐵了心要與炎家為敵？」

「這……也不是不可能啊！」

要不然一見鍾情這句話又從何而來，她想這樣反駁，可是也隱隱覺得過於牽強。

這時她突然想到第一次見到靖安姊姊就覺得她有一種熟悉感，之後去炎府找她，和她也很聊得來，而且有時不必多說什麼，她似乎就能看穿自己的心事，難道這都是因為血緣關係切不斷的心靈相通嗎？

至於大哥若真如炎海任所說愛她至深，他這麼做必定是為了不想讓駱家的家醜外揚，也不想讓她因為流言而受害。

那個笨大哥啊！

想到大哥的委曲求全，她的心竟忍不住疼了起來。

她不想大哥那麼傻，傻得她竟不知該如何是好，她恨不能立刻到大哥身邊，告訴他她不在乎的。

因為她已經發現自己其實並不是真的非炎海任不可，反而有些欣喜童靖安是她的親姊姊。

「如果事情真如你所言，那麼你想怎麼做？」

老實說，一個是她的兄長，一個是她心儀的男人，她兩邊都不想傷害。

「我要怎麼做全端看妳想怎麼做。」

如果她願意合作，他可以考慮不蠻著幹；可若是她不願意，那麼饒是兩敗俱傷他也在所不惜。

或許這麼做，炎家真的會元氣大傷，但那又如何呢？

散盡千金，但求靖安那個傻丫頭平安無事啊！

❀ ❀ ❀

「唉！」幽幽的思念正如她幽幽的長嘆。

童靖安靜靜地站在院子的花叢前，凝望著盛開的花朵，卻無法詠頌它的美麗。

他……應該很生氣吧？

一夜難分難捨的纏綿之後，換來的竟是她的一走了之。

輕輕地勾唇一笑，她彷彿已經看見他暴跳如雷的模樣。

他啊，總是性子躁動，還望兩位兄長能勸阻得了他。

她選擇離開並非真的屈服於駱醒言的威脅，而是想多為炎家爭取一些時間。

駱家或許家大業大，可炎家也非省油的燈，前陣子之所以被搞得七葷八素的，全因事出突然。

只要能多給他們一些時間，她相信炎家有辦法阻止得了駱醒言的恣意妄為。

還有一個原因是，除了為了明銀的幸福，她想弄清楚駱醒言究竟還為了什麼理由執意要她。

他望著她的目光沒有一絲情意，更沒有半點心憐，若說這麼大費周章只是為了讓駱明銀得到心儀的男人，那他大可以直接逼她離開，不必賠上自個兒的姻緣。

他……究竟在想什麼？

她知道這其中必定有一個環節是她沒想透的，可無論她怎麼想，卻始終想不到他究竟求的是什麼。

正因為想不透，所以這陣子她刻意安安分分地隨著駱醒言的安排，待在駱家位於城郊的別院。

雖然他的行事舉措讓人摸不著頭緒，可他還真沒虧待過她，不但讓她住在這麼寬敞豪華的別院，還主動提供丫鬟數人供她使喚，就連每日的菜色都豐盛得讓她覺得自己活像個尊貴的公主。

「想什麼想得這麼沉？」

頎長的身軀斜倚著樑柱，駱醒言低沉的嗓音幽幽傳來，童靖安聞聲抬頭，便見幾日不見的他正站在不遠處的亭子裡，桌上不知何時已擺置了數道色香味俱全的菜餚。

「在想你究竟有多愛你的妹子，可以為她犧牲到什麼程度。」童靖安邊說，邊緩緩走向他。

那種愛絕對不是單純的兄妹之愛，無論是豪門大院或是平民百姓，她從不曾見過像駱醒言這樣的兄長，如果她猜的沒錯，他對駱明銀怕是男女之情！

「或是……想你到底有多愛明銀姑娘。」

想想明銀姑娘多麼幸運呵！

打小便是個被捧在手心上的千金小姐，長大後又有愛她如廝的兄長，不似她，還是個娃兒時就被迫成了乞兒，若非遇上成載哥，只怕連活下去的機會都沒有。

好羨慕呵！

「妳別胡說！」

「我是否胡說，你心裡很清楚。」

童靖安雙目清澄地望著略微激動氣憤的駱醒言，完全不畏懼他逐漸上揚的怒氣。

「妳……」在那明目的瞪視下，他竟莫名的感到有些心虛與狼狽。

她說的沒錯，他愛著明銀，所以不擇手段、不顧娘親恩情，只因不忍她受到一丁點兒的委屈。

只要明銀能開心，他願承受一切良心的譴責。

暗暗深吸了幾口氣，他訓練有素的讓原本有些激動的情緒回歸平靜。

淡淡的笑容、淡淡的語氣，不一會駱醒言又恢復那個氣定神閒、習慣掌控一切的駱家主子。

「我倒沒想過，靖安姑娘不但蕙質蘭心，還挺擅於編故事呵！」

「我之前同你一樣不願正視自己的感情，甚至將炎海任拒於千里之外，直到後來才發現，自個兒著實蠢得可笑。」她語氣平淡的說道。

說實在話，她會這麼相勸，也並非真的只是為了自己。

不知道打從何時開始，她便不再僅僅只是將外表嚴肅、內心單純可愛的駱明銀視為一顆棋子。

她喜歡她，也關心她，像她那樣的玉人兒，其實值得一個更成熟穩重的男人。

炎海任對任何事都粗獷得很，並不適合她那樣纖細的千金小姐。

這幾天，她仔細想過了，她著實不想兩人到頭來成為一對怨偶。

「妳的意思是，妳愛上了炎海任？」

駱醒言的問題帶著丁點兒質問的味道和危險，本來他以為童靖安一心想要離開炎海任，應是對他毫無感情，現下聽來似乎並非如此。

感受到他話語裡的憤怒，她淺淺揚笑，氣定神閒的搖搖頭，淡淡的說道：「我與他是兩情相悅。」

「騙人，若是兩情相悅，妳又何必處心積慮的一定要離開，甚至還主動找上明銀？」

「因為愚蠢，所以根深蒂固地以為自己不愛，我想，若非你的強勢介入，即便到了今日，我或許都還不知道自己原來早就被炎海任給吸引。」

這幾日閒來無事，她很認真的思考過，原來不愛，只不過是為了保護自己驕傲的模樣。

因為害怕出身被嫌棄，所以用氣怒來保護自己，以為這樣便可以不受到傷害。

若非駱醒言的介入，讓她感受到炎海任極其細膩、有責任感的另外一面，只怕她到現在都還無法認清對他的感情。

「妳……」聞言，駱醒言原本爾雅自在的面容，竟浮現了幾絲猙獰。「炎海任是屬於明銀的，如果妳想要我在往後的日子依然如此善待妳，那麼妳便必須善待明銀。」

還敢說自己不愛嗎？

她不過是簡單的幾句話，就讓他這堂堂的駱家掌舵人如此氣急敗壞。

「我不知道為何你會對自己的妹妹產生男女之情，又或者其中有何無法說出的隱情，我只知道——自個兒的女人得要自己愛，就這麼貿然把人交到一個不愛她的男人手裡，你真能安心？」

說完這一番肺腑之言，童靖安便不再開口，旁若無人的悠然落坐，拿碗拾筷，優雅而緩慢地在駱醒言銳利的目光下，好整以暇地享受著眼前這桌好酒好菜。

這飯……挺香的！

第八章

芙蓉春帳，幾度吟哦！

一雙因為長久練武而顯粗礪的大掌，在雪白的胴體上幾度游移，那輕柔而磨人的撫觸，令她忍不住輕顫，嬌軀更是緊繃得難受。

漸漸地，白雪般的嫩肌染上了一抹淡淡的紛紅，宛若春夏交替之際，盛開的桃花那般誘人。

「別……」

以唇代手，當他略顯冰涼的唇在她的身上點起一簇簇的情慾之苗時，她終於開口求饒。

怎麼能承受更多呵！

疼啊，一股莫名的企求讓她疼得連腳指頭都不禁蜷縮，甚至令她難耐地弓起了身子，就連她都弄不清自己是想逃離這溫柔的折磨，還是希望乞求更多的憐寵。

是太過思念了嗎？

這夢清晰得這般真實，他在溫柔中帶點懲罰的玩賞，卻始終不肯讓她得到徹底的滿足。

驀地，一陣激狂的浪潮襲來，將童靖安整個人逼入激狂的境地，她再也忍不住地呼喊出聲——

「海任！」

「幸好妳叫對了我的名，否則……」未竟的話語是威脅，更是親眼見她安好時的安心。

還好，駱明銀雖然對他說的話並未盡信，可卻仍給了他幾個駱醒言可能藏人的地方。

他按捺住性子，一處一處的找，現下這已經是最後一個可能的地方，趁夜，他偷偷的翻過了牆，便見門內有兩、三個人守著，他便知道自己找對了。

不動聲色地探查了好一會，才在後院找著一扇沒有關妥的窗，讓他得以翻窗而入。

悻悻然地緩下了自己對她的折磨，改以輕吻吻去她頰盼滑下的輕淚，然後在她驀然睜眼的那一刻，與她四目相對。

在她迷濛的水眸裡，他讀到了一抹震驚，可更多的是一種思念得償的放心與滿足。

「你……是真的……這不是夢吧！」

如此傻里傻氣的問題成功惹來炎海任沉沉的笑聲。

「怎麼，還以為是在夢裡嗎？」

這麼長一段時日未見，炎海任在她身上瞧見了一抹以往從未見過的柔媚。

他知道自己該立時帶她離開，可多日的思念讓他像個渴水的人一般凝望著她，近乎癡了。

「嗯！」呆愣愣的點點頭，她一直以為自己在作夢，作一個很甜很甜的好夢。

雖然她知道自己的離開只是暫時，但她無法肯定他會不會原諒她的擅作主張，像他這樣驕傲的男人，一定不能容許自己被拋下。

她一直以為再見到他，會被他排山倒海的怒氣給淹沒，沒想到他的表情，除了微怒，更多的是一縷縷讓人清晰可見的思念與安心。

「你怎麼來了？」

「我的愛妻就要被人給拐跑了，我能不來嗎？」

他的話語聽似調侃，可她卻隱隱約約察覺到他心中的不安。

他在擔心她嗎？

心裡一陣暖風飄過，她不自禁地伸手輕撫他那俊逸無儔的臉龐，將他的眉、他的眼、他的唇全都重新記憶一遍。

這舉動在她初初離開的那一夜，她也曾眷戀不捨的這樣做過。

「我說妳啊……」

被她柔荑輕觸，再大的怒氣似乎也能撫平，長篇大論的叨唸戛然而止，她的主動親近更教他欣喜若狂。

「說吧，妳這麼冒險隻身前來究竟為了什麼？」

她不是一個會輕易屈服於他人的人，所以在初初的憤怒平復後，他就開始思索著她因何而來，這也是為什麼以他躁怒的性子，竟然沒有在發現她失蹤時便掀了駱家的原因。

「我不過是想替你們多爭取些時間，好準備和駱醒言之間的戰爭。」

凝著他的幽眸，她淡淡的說道，完全一副沒什麼大不了的模樣。

「究竟是誰教妳這麼膽大妄為的？」瞧她那什麼都不在乎的模樣，他忍不住額際生疼，青筋直跳。

偏生心底又明知她這樣做的確是對炎家最有利的，怪不得、罵不得，炎海任簡直拿她完全沒有辦法。

眼見他一股子氣順不上來，童靖安淺淺的勾唇而笑，柔荑俏然抵上他的胸膛，輕輕安撫著。

「我要妳立刻跟我走。」劍眉兜攏，他想也沒想地握住她的手，便要帶她離去。

十指交握，童靖安的心下一暖，這男人明知道就這麼帶著她離開，駱醒言對炎家的攻勢絕對會在頃刻之間捲土重來。

除非炎家已做好了萬全的準備，否則她絕對不能輕易離開，要不然這十幾日的思念豈不是白捱了。

「不行！」

「妳還想留在這兒？難不成……」聞言，炎海任氣急敗壞，心思也跟著彆扭了起來。

短短一瞬間，他腦海中甚至閃過童靖安別戀的念頭。

「不，這輩子，除了你，我誰都不跟。」不讓他繼續胡思亂想，她扳過了他的臉，凝著他深邃的雙眸，一字一句、鏗鏘有力地說道。

「既然如此，為何不能跟我走？」

「因為我總得搞清楚駱醒言在盤算些什麼啊！」

「是駱明銀幫我找著這兒的。」

「明銀姑娘真善良。」童靖安感嘆地說道，也難怪駱醒言會為了她瘋狂，如此不顧一切。

「就算再善良，妳也別想再把我和她兜在一塊，這輩子我和妳是糾纏定了。」生怕舊事重演，炎海任順勢揚聲警告。

抬眸，她瞧見了他眸子裡的緊張，一抹粲笑驀地在她的唇畔漾開來。

「我知道！」

這輩子是糾纏定了吧！

如果那時真的離開了，她可能一輩子都不會發現自己其實從很久以前就一直默默瞧著他。

「走吧！」深知這裡並非久留之地，雖然駱醒言為了怕惹人注意，並沒有在這座別院裡頭增加太多人手，可是時間一久，總會讓人發現的。

「你先走吧！」

「妳說什麼？」雙眸銳利地瞇起。這女人為何總是不聽他的話？

「我來便是想要知道駱醒言為何執意，也為炎家多掙些時間，如果現在就走，之前的努力豈不白費？」

「這種事咱們男人處理就可以，用不著妳這個女人擔心。」見她臉上漾著濃濃的固執，炎海任怒意驟起，沉聲說道。

「可是……」

「沒有什麼可是，我說過妳啥事都可以做，天若真塌下來了，都有我為妳頂著，可是那前提是，待在我身邊。」

「我……」微啟朱唇，想要告訴他，她其實也很想立刻回到他身邊，牢牢地守著他，既然明白自己已經愛上了，就沒打算再將他拱手讓人。

只是，駱醒言的事一日不解決，她便一日不能安心，所以她一定得留下。

知道她在擔心什麼，炎海任也懶得繞圈子，索性直接戳破她的心思，說道：「妳放心，我已經找著了對付駱醒言的方式。」

「怎麼可能？」那麼短的時間，炎家應該還不至於壯大到能與駱家抗衡，所以她一時間並不相信他的話，認為那只是他想要誘她離開的方式。

「妳知不知道，其實駱明銀是妳的親妹子。」

他說什麼?!

聞言，童靖安瞬間一怔，炎海任見機不可失，不由分說地將她扯進懷裡，帶著她就要離開。

「你……等等……」

她心亂如麻得想要追問，可突然間感到心口竄起了一陣劇痛。

細緻的臉蛋上血色驀地褪去，只剩一抹白。

意識到她的狀況不對，他連忙撐住了她搖搖欲墜的身子，急問道：「妳怎麼了？」

「心口……心口好疼……」

瞧他那憂心忡忡的模樣，她覺得好心疼，伸手想要撫去他眉宇間的皺摺，可手才伸到一半，便又無力的垂下。

「別怕，妳忍耐些，我馬上帶妳去找大夫。」

「我不能……」

「別再見鬼的說妳不能走，我說過就算天塌下來，也有我頂著。」

不管三七二十一將她攔腰抱起，炎海任渾身上下散發著誰敢阻擋便殺無赦的氣勢，要帶她離去。

聞言，她感到心頭一陣暖，感動的朝他虛弱一笑便暈了過去。

「妳最好保佑自己沒事，否則我才不管駱夫人是不是妳親娘、駱明銀是不是妳親妹妹，我都會掀了駱家。」

炎海任難掩著急，緊抱著她衝到門前，怎知，手才剛伸出去，門便由外往內推開來。

駱醒言冷著一張臉走了進來，冷眼望著炎海任懷中已經失去意識的童靖安，冷冷地說道：「你想掀了駱家，還得看我肯不肯呢！」

「為了靖安，我寧可玉石俱焚。」炎海任瞪著他，咬牙說道。

「你可以不在乎炎家的產業，但你能不在乎她的命嗎？」

「你這是什麼意思？」

「我知道總有一天你會找來，為了預防她又回到你身邊，我日日在她的飲食之中摻了毒。」

「你竟敢、竟敢……」炎海任恨得雙眼死瞪著他，想要當場殺了他。

此時駱醒言又說道：「如果我是你，不會輕舉妄動，要知道我餵她的這種毒，平素對她無礙，可一旦動心動情，便會心絞難耐，若是七日不食解藥，便會從四肢開始僵硬，最後成了一個活死人，你若能眼睜睜的瞧著她落入這樣的境地，我不會阻止你帶走他。」

他很清楚炎海任極愛童靖安，絕對不可能冒險，所以他雙手一斂，甚至退到了一旁，一副任由炎海任離去的模樣。

「你究竟想要怎樣？」

「很簡單，留下她，娶明銀為妻，只要你做得到，我保證會終生善待她。」

抱著童靖安越過了他，可是每走一步，他的腳便愈沉一分。

很想不顧一切帶著童靖安離開，可是……

能拿她冒險嗎？

就算他相信世上沒有解不開的毒，也相信只要炎家傾盡全力，定能為她找到解藥。

可時間呢？

「你以為我真的會毫無防備的任由你找著她，並且帶走她嗎？」見他猶豫，駱醒言一副勝券在握的模樣。

牙根被咬得生疼，可炎海任終究還是無法拿童靖安的安危去冒險，腳跟兒驀地一旋，一步踏過一步將她重新安放回榻上。

「我會如你所願地迎娶駱明銀進門，你最好保證她的毫髮無傷，否則……」

帶著一股說到做到的狠勁，炎海任這回不再猶豫地離去。

他知道留下她只是暫時的，今生，饒是用盡所有的方式，他定會讓她回到自己身邊。

❀ ❀ ❀

炎海任找著姊姊了嗎？

凝望著小樓外頭的楊柳，駱明銀的心憂慮萬分。

在探知童靖安真的被安置在城郊別院時，她的心裡便隱隱覺得炎海任所說的一切可能都是真的。

雖然仍舊感到不敢置信，但是她在心底兒已經將童靖安視為親姊一般的關心。沒有急著去質問大哥，是因為她清楚大哥的性子，雖然對她有求必應，可是他一旦認定自己所決定的事有助於她，就很難輕易改變。

「不行，不能再等下去了！」炎海任明明答應若是救出姊姊，便會差人來知會她一聲，可現在都已經晌午了，卻還沒有半點音訊。

該不會是出事了吧？

想到這裡，本來還能端坐在偏廳裡喝茶的駱明銀霍地起身，急著想確定他們的安好，可她沒頭沒腦的就往外衝，竟和捧著一堆東西進來的丫鬟撞了個正著。

「哎呀！」

她伸手揉著撞疼了的額際，眼角卻忽然瞥見散落一地的豔紅。

那不是成親要用的東西嗎？

再也顧不得額疼，駱明銀驀地瞪大了眼，望向丫鬟，狐疑地問道：「這是怎麼一回事？」

「奴婢該死、奴婢該死……」以為小姐的不解是氣怒，丫鬟撲通一聲雙膝跪地，嘴裡驚嚇得直叨唸。「都怪奴婢笨手笨腳衝撞了小姐的喜事，奴婢該死……」

沒有把奴婢的自責聽進耳裡，她只看得見那散落一地的紅，眉頭緊緊皺起。

「我沒要責罰妳，只是問妳這些到底是什麼？」

「這些是大少爺要奴婢送來的鳳冠和霞帔，大少爺說了，小姐不日就要成親，要小的來讓小姐試試霞帔合不合身。」

她要成親了，她怎麼不知道?!

她得趕緊去找大哥問清楚，這究竟是怎麼一回事。

想也沒想地，她抬腳就要往門口衝去，不意卻又撞進一記偉岸的胸膛。

「丫頭，做什麼撞撞莽莽的？」將玉人兒給接了個滿懷，駱醒言含笑叨唸道，同時用眼神示意丫鬟先退下。

「大哥！」見大哥自動送上門來，駱明銀也不客氣，直接問道：「大哥，誰說我要成親了？」

「這事是大哥定下了，也與男方家談好了，三日後，便來迎娶。」駱醒言扶著兀自發愣的妹妹回到桌前坐下，細細審視著她那雪白的額際，在確定沒有傷著之後，這才開口說道。

三日?!怎麼那麼急？

「新郎官是誰？」

「還能是誰？」揚起了一抹笑，似是在取笑妹妹的明知故問。「大哥說過，但凡是妳想要的，大哥都會想盡辦法成全。」

這是他對她今生無悔的寵溺，誰也無法撼動。

心，驀地沉了一沉，駱明銀的臉上並無一絲的欣喜與笑意。

「怎麼了，不開心可以嫁給炎海任嗎？」

好不容易辦成了這事，還以為能見到她那欣喜若狂的笑靨，怎知她不但沒笑，臉色還難看得緊。

看來，炎海任是失敗了！

那姊姊呢？姊姊會不會有事？

駱明銀抬眼凝望著笑意燦燦、總是有求必應的大哥，有生以來第一回，她竟覺得他陌生無比。

一顆心更是難受，只能傻傻的坐著，任由腦海中的思緒糾結成一團，一句話也說不出來。

她這個笨大哥，究竟是用什麼樣的心情在愛她呢？

以前理所當然的以為是兄長對妹妹的無盡寵溺，可在知道真相之後，她卻無法再這麼理直氣壯下去。

「明銀，妳究竟是怎麼了，為何不說話？」終於發現妹妹的不對勁，駱醒言皺了皺眉，一顆心更因為她的靜默而煩躁不安。

昨夜，炎海任竟然找著了被他安置在別院的童靖安，甚至還想要偷偷帶她離開，還好他早有防範，才沒讓那兩人得逞。

他與炎海任皆有一心想要守護的人，偏偏炎海任所愛的那個人性命掌握在他手中，所以理所當然他能守護自己想要守護的人，而炎海任不能。

「大哥，你愛我嗎？」忽然間，駱明醒微微顫抖地問道。

這個問題讓他臉上的輕鬆自若頓時一僵，好半晌之後才又重拾笑容的回道：

「這是自然！妳是我唯一的妹子，大哥不愛妳，愛誰呢！」

「我問的，並非兄妹之間的友愛，而是男女之間的情愛。」

深知若是再假裝不知道，自己可能就要成為傷害親姊的利刃，於是她用著豁出去的心情問道。

「妳……」這個問題殺得駱醒言措手不及，只能有些無措的望著妹妹。

「大哥，其實我發現自己只是傾慕炎海任，並非真心愛著他。」不等大哥的回答，她深吸了一口氣之後，便將自個兒的心底話緩緩道出。「雖然我也不知道自己是不是也會像大哥這樣愛我一般愛著你，可是我很肯定自己不會為了炎海任而心痛，可是卻會為了大哥的癡傻而心痛。」

對於這事，她從來沒有怪過大哥，因為她心裡很清楚，他之所以這麼做，全都是因為她。

在駱醒言震驚的目光中，駱明銀又再次開了口——

「大哥，我現在終於知道娘為何多年來總不開心，也不肯親近於我，那是因為她思念姊姊，對姊姊覺得愧疚，咱們別再讓娘這般難過了，好嗎？」

柔柔的乞求，卻夾帶著萬鈞的氣勢重重擊向駱醒言的心窩，光看她的表情，他就知道她已經知道了所有事實。

「可是……」

「大哥，沒有什麼可是，現在的我想得很清楚，對炎海任不過是姑娘家的傾慕，如果有機會，或許這樣的傾慕會發展成一段好姻緣，可是我與他緣分不足，無法強求成為夫妻，況且如今既然已經知道靖安姊姊是我的親姊姊，我又怎麼可能奪去她幸福呢？」

更何況那日瞧見炎海任為了靖安姊姊急得不顧一切的模樣，這個男人她是萬萬要不得的，再說……

駱明銀的心緒一轉，想到當時聽到炎海任告訴她大哥心儀於她時，她的心竟然有著一絲莫名的躁動，她想，或許……

或許真正有緣的人，其實早在身旁了呢！

「大哥，咱們別再為難他們了，強求的感情不實在，或許咱們……可以試試，不是嗎？」

況且她才不想每天面對一張怒氣騰騰的臉，與其這樣，她還不如一輩子都待在大哥身邊，畢竟大哥是將她疼入心坎裡的。

「妳……」這是真的嗎?!駱醒言簡直不敢相信自己聽到的。

她雖然大膽的說出這番話，卻又不敢面對他，立時嬌羞地轉頭起身，假意忙亂地收拾散落一地的鳳冠霞帔。

望著她的身影，駱醒言心緒複雜得難以言喻。難不成真是自個兒太過自以為是，才造成了這一番難以收拾的局面嗎？

或許，他真該好好想想了。

❀ ❀ ❀

一件件名貴的珠寶首飾堆滿房間的一角。

瞧著那鑲滿了晶瑩珍珠的鳳冠與繡功精細的霞帔，童靖安知道駱醒言這回是真的打算一意孤行了。

她並不怨炎海任那天丟下她獨自離去，因為她知道這麼做他有多心痛。

那個男人愛她，所以她便懂了他。

他的離去是希望她能好好的活下去，只要活著，便有再相見的一天。

正因為懂，所以更加心疼。

起心動念，她很清楚再不多時，那痛便會折騰得她求生不得、求死不能。

可她不在乎！

被疼折騰著直喘氣，童靖安坐在桌前緊揪著衣襟，強忍著，聽到身後門被推開又闔上的聲音，以為進來的人是駱醒言，便頭也不回地說道：「我不會與你成親的，就算是死！」

只要動心動情，便會心痛如絞是嗎？

她很清楚的記得那日清醒後，駱醒言是這麼告訴她的，他說若是從今爾後她願意絕情斷念，好好地待在駱家，那麼她便不需再承受任何的苦痛。

可若她起心動念，終會因為劇毒攻心而亡。

不思念，可能嗎？

死又何足畏懼，怕的是活在這世上，卻永遠見不著心愛的人，那才是人生的至痛啊！

起身，來到窗櫺前，瞧著那圍著水榭閣樓之外的幽碧河水，心念一動，有著縱身一跳的衝動。

如果，她的死能換來炎海任的解脫，不需再受制於人，那倒也值得呵！

著了魔似的，她竟不顧危險地傾身想要由著自己墜下，身後卻突然傳來一道蒼老的聲音。

「安兒，妳想做什麼?!」

聞言，童靖安隨即站直身子，倏地回頭，便見一名老婦人在駱明銀的攙扶下，緩緩走向她。

她不解的瞧著老婦人的熱淚盈眶，又想起在昏迷前好像聽到炎海任說過駱明銀是她的親妹子，但因為那時疼痛難忍，以為是自己聽錯，可現下聯想起來，她對於她們的來意便心知肚明。

然而，此時的她根本不想見到駱家的任何一個人，於是她猛然背過身去，不予理會更不發一語。

「姊姊，還在生氣？」

誰是她姊姊啊？

雖然她本來就很喜歡明銀，可是卻不想任她攀親帶故，駱家欺人至此，憑什麼還希望別人能給予好臉色。

駱夫人也連忙說道：「女兒，娘知道妳心裡頭怪我，都是娘不好，當年不該為了鞏固自己的地位，將妳與醒言掉包，以至妳後來流落街頭、乞討為生，可我早就後悔了啊，我恨不得那些難是我替妳受的……」

心疼啊！

打從自明銀的口中得知童靖安的遭遇之後，她這個為人母的心，便沒有一天安穩過，如果早知道會這樣，就算拿駱家所有的財富和地位來換，她也不會再做這種愚蠢之事。

幸好蒼天垂憐，讓她能在有生之年，再見女兒一面，讓她有機會可以彌補自己對女兒的愧疚。

見童靖安對娘的話無動於衷，駱明銀索性先將因為過於心痛而身子虛軟的母親扶至桌旁坐下，再緩步來到童靖安身旁。

「姊姊，妳別再生娘的氣了，好嗎？其實娘很疼妳的，只是一時愚昧做錯了事，妳可知道娘為了妳，長年茹素唸佛，就是希望能替妳祈福。」嬌聲乞求，一雙小手跟著握住了童靖安的手輕輕搖晃，撒著嬌。

「放手！」

童靖安轉頭冷然輕喝，在見到駱明銀一臉甜笑的同時，腦海中莫名浮現她身著一身紅嫁衣，以無比嬌羞的姿態依偎在炎海任懷裡的模樣。

一股子酸意驀地在她心頭縱橫交錯，對待駱明銀的態度更沒了以往的好聲好氣。

想到曾經天真的想要藉由駱明銀逃離炎家，她便覺得自己傻極了。原來她壓根就無法眼睜睜瞧著炎海任身旁倚著別的女人，即使那個人是她的親妹子也一樣。

「姊姊，妳別這樣，我知道妳心裡委屈難受，可妳大人有大量，就原諒娘曾經糊塗那麼一回吧！」駱明銀才不理會童靖安的斥喝，自顧自的一直說、一直求。

求得童靖安忍不住漸漸心軟了，也求得她終於願意回頭瞧上駱老夫人一眼。

駱明銀見狀，連忙又說道：「姊姊，我同妳說，妳可知道大哥最怕誰？他最怕的就是咱們的娘，只要娘說一句話，他絕對不敢違抗。」

「是嗎？」

如果真是這樣，那麼她願意原諒母親拋棄她的過錯，並且祈願自己與炎海任還有機會能再成為夫妻！

尾聲

血……豔紅怵目的血從靖安的唇角淌了下來，他伸手想擦，可是他擦的速度永遠比不上血流出來的速度。

他想救她，卻只能眼睜睜瞧著她閉上了眼，再也不看自己一眼。

那種無力回天的痛，在四肢百骸蔓延著。

她呢……她去哪兒了……

「回來，快回來……」他發狂地驟吼，那幾近絕離的吼聲震天撼地。

接著，他的面頰突然讓人重重揍了一拳，那一拳讓他瞬間睜開眼，也讓他完全清醒過來。

可宛若剮心的疼卻沒有絲毫消失，反而更加椎心蝕骨。

「大哥，你瞧這該怎麼辦？」

望著他一副失魂落魄的模樣，繆成載心疼又憂心的問道。

聞言，炎妙槐沒多說什麼，直接往屋子中央的圓桌走去，斟了一杯茶，然後回過身來，往炎海任的身上一潑。

「你給我清醒點，你忘了今兒個是你得去駱家迎親的日子嗎？」

「我沒忘，雖然我很想忘。」一杯水潑醒了炎海任，抬眼，他苦笑的說道。

他已經等得太久了，等得他心亂如麻，要是再不將靖安帶回身邊，他怕自己也會瘋狂。

「既然沒忘，那麼就走吧！」繆成載拍了拍他的肩頭，催促道。

「這回，我一定不會再讓安兒一個人孤零零地留在那兒了。」

相愛卻無法相伴的痛苦太甚，他斷然不願再嚐一次。

他相信前回駱醒言的狙擊之所以成功，是因為他們全無防備，這回他們已經悄然地做好了萬全的準備，相信要帶回童靖安絕對不是問題。

繆成載和炎妙槐快速的交換了一個眼神，眸中倏地掠過一記精光，但炎海任沉浸在自己的思緒中，完全沒有發現。

✿ ✿ ✿

喜樂聲、鞭炮聲不絕於耳。

沒有新郎官該有的喜悅，就連向來帶笑的臉龐也淨是一片的冰冷。

冷冷地望著媒人婆小心翼翼地攙著新嫁娘來到他跟前，他伸手握住了媒婆硬塞進他手裡的紅綵。

對這一切，其實他並不陌生，畢竟前不久他才與靖安拜過堂，只不過那時他是心不在焉。

有時他想，是否今日一切的困境都是老天爺在罰他，罰他從來不肯珍惜早已握在手心的珍寶，才讓那人兒又從身邊溜走。

在眾目睽睽之下，炎海任的眼底沒有半絲的認命，反而精光爍爍。

他在等待著，他早已經砸下重金，請來一位妙手回春的神醫，之前漫長的等待便是為了今天。

他就不信在有了萬全準備的今天，他還會帶不回自己心愛的女人。

抬眼，掃向紅綵另一端的女人，他的眉頭驀地往中間攏去。

一個他不愛的女人，饒是身姿多麼的婀娜、身世多麼的好，依然無法勾勒出他一絲一毫的情愛。

「一拜天地……」

司禮的聲音高亢地在他的耳際響起，他轉身朝外，微一彎腰，拜了一拜。

「二拜高堂……」

他再回身拜向母親。

「夫妻交拜……」

當這聲響起，他忽爾放下了紅綵，以迅雷不及掩耳的速度扯過還搞不清楚狀況的新嫁娘，狠厲地將手往她的咽喉一掐，便扣住了她的命脈。

利眸一掃，炎海任瞪向站在一旁觀禮的駱醒言，語氣森冷的說道：「把靖安帶來，她才是我的娘子。」

「你……」完全沒有料到炎海任竟會當著眾賀客的面這樣大膽妄為，駱醒言臉色鐵青地望著眼前的一切，但眸中卻驀地閃過了一絲笑意。

明銀說的對，炎海任這般深愛著童靖安，這樣的男人斷不會對她產生任何的憐惜。

還好！他及時想通了，也免得向來疼入心的ㄚ頭嫁進炎家受盡冷落。

「你別胡來，可別做出會讓自己後悔的事來。」駱醒言淡淡的出言警告，眸中竟然閃出幾許幸災樂禍。

「我警告你，快快將我的娘子還來，否則這個你一心守護的人兒絕對會在此時此刻香消玉殞。」

不再受制於駱醒言，炎海任這回是鐵了心了，無暇細想這麼做會有什麼後果，狂恣的說道。

無論如何，他今兒個就是要帶走靖安。

若不能活著做夫妻，就算死了也要在陰間相守。

「你快將靖安帶出來，否則……」掐著新嫁娘的手又緊了緊，眼看再緊上一分，新娘子只怕就要命喪當場了。

「她……」

眼見勸不動炎海任，駱醒言的目光便四下飄啊飄的，好似在找尋什麼。

見他彷彿完全不在意，炎海任發了狂似地把心一橫，然而就在他縮手鎖喉，即將奪去新娘子小命的千鈞一髮之際，突然間，他的眼角瞧見了駱明銀一身俏麗的妝扮，身旁還攙著一個老婦人。

這是怎麼一回事?!

手勁傻愣愣地鬆了鬆。

還來不及回神，突然間，新娘子伸手扯了扯他的衣袖，接著細細的聲音穿透了四周的嘈雜竄入他的耳際。

「我娘……想瞧咱們再拜一次堂，你拜是不拜？」

雖然語氣兇巴巴的，可是對炎海任來說卻宛若天籟。

聞言，他雖然仍一頭霧水，但大喜過望，壓根就顧不得自己的行為合不合宜，大手兒一掀，便將新娘子的紅巾給掀了開來。

「安兒！」他訝然出聲。

簡直不敢相信自個兒的眼睛，那巧笑倩兮的人兒，不正是讓他朝思慕想的童靖安嗎？

「怎麼，你娶是不娶？」

童靖安含笑帶嗔地仰首問著他，下一瞬間，整個人已經被他給圈入懷裡了。

直到感受到懷裡的溫暖，炎海任這才相信這一切不是假象。

應是老天爺憐他，實現了他日日夜夜的祈求。

「妳怎麼……」

他有滿腹的疑問想問，可是她卻伸手抵住了他的唇，將他微微推離，然後輕輕說道：「咱們拜堂吧！這回我要誠心誠意的祈求老天，讓咱們相守到白頭。」

聞言，炎海任褪去了一臉的不願與頹敗，收斂了心神，伸手緊握住她的柔荑。

無論原因是什麼，他感謝老天爺的成全，這一回他會小心翼翼，謹慎的牽著她的手，這輩子再也不放開。

新郎官一直無動作，漸漸的，喜樂戛然而止，賓客竊竊私語的聲音倏地在禮堂之中此起彼落的響起，一時之間，炎海任還兀自沉浸在喜悅之中，直到童靖安用力扯了扯他的衣袖，他這才回過神來。

「我娘說想再瞧咱們拜一次堂。」一瞬不瞬地凝望著他，童靖安再次緩緩說道。

「妳娘？而且駱醒言怎麼願意……」那日駱醒言威脅他時的狠戾讓他記憶猶新，所以他一直以為要得回她，得要付出很大的代價。

「娘和明銀都說話了，你想他能不願嗎？」

後來她才知道，其實她娘很多年前就要駱醒言替她尋人，只不過駱醒言怕她若是回家會損及駱家的聲譽，也會讓駱明銀被人指指點點，所以一直陽奉陰違。

正因為如此，駱醒言最後才會異想天開的以為只要娶了她，讓她以子媳的身分相伴娘的身旁，既可一撫母親的思女之情，又可保住明銀和駱家的家聲。

苦苦的相逼，除了私心之外，其實也有一分顧及家聲及母親的心意。

再多的怨懟，在知道他的孝心和明銀頻頻替其求饒之後，她選擇原諒。

「那個該死的男人！」

雖然說終究還是讓他得回了她，可是想到前陣子的折磨，再看到他臉上的那抹賊笑，炎海任這口氣依然難以嚥下。

眼光驀地再掃到大哥和繆成載臉上的那抹竊笑，炎海任便知今日的這一切，他們只怕早已知曉。

想到只有自己被蒙在鼓裡，一股子的氣悶頓時冒了出來。

「咱們拜堂吧！」

他們夫妻還沒交拜呢！

這回，炎海任固執的要行禮到最後，眼神示意著司禮，繼續方才被中斷的禮儀，當夫妻交拜之聲揚起，他鄭而重之的彎了腰。

那是他一生一世的承諾。

直到童靖安再次成為他的妻，他心滿意足地領著她步回洞房的途中，還是忍不住以迅雷不及掩耳的速度，使盡了吃奶的力氣，給了走在身後的炎妙槐和繆成載各一拳。

一拳還不過癮，眼看著炎海任怒氣又揚，童靖安連忙揚聲勸阻道：「別這樣，大哥他們也是拗不過我的請求。」

那日，與娘一番深談之後，她便放下了心中長久以來被拋下的芥蒂，也不在乎自己是否是駱家小姐，唯一所求的便是能與炎海任再無阻礙的真心相守。

而且她還想到一個絕佳的辦法，不打算認祖歸宗，而是請駱老夫人將她收為義女，並以這樣的身分再嫁給炎海任一次，此舉不但周全了駱家的家聲，也圓了娘尋回女兒的夢。

只是……要苦了明銀和駱醒言。

這是她對駱醒言小小的報復，她倒想看看在一切都不公開的情況下，他要怎麼迎取名義上的親妹子。

「等會，看我怎麼同妳算帳！」

儘管童靖安已經軟聲乞求，可是炎海任怒氣依然未歇。

忍不住心裡的氣結，他橫瞪了童靖安一眼，眸中深情款款，嘴裡卻還是惡狠狠地說道：「我警告妳，妳要是再敢提休夫二字，我保證讓妳三天下不了床、出不了新房。」

那話曖昧得惹得四周眾人哄堂大笑，童靖安卻不予理會，只是主動偎進他的懷裡，嬌羞輕喃道：「夫君，別氣了！」

俏臉兒驀地一紅，那羞答答的姿態頓時惹得炎海任心癢難耐，手一橫，她已經被他攔腰抱起。

「你做什麼呢？」被他的舉動一驚，她連忙問道。

「拜了堂，當然得洞房啊！」炎海任理所當然的說道。

他才不理會自己的舉動會不會成為眾人議論紛紛的話題，他的眼底兒、心裡頭只有她啊！

這回，心急如焚的炎海任可沒再擔擱，即使在經過駱醒言的身旁，他也只不過是淡淡的扔下一句——

「等著吧，咱們的帳還沒算完呢！」

哼……心儀她的小姨子是吧，他倒要瞧瞧有他這個程咬金在，他要怎麼如願地抱得美人歸。

＊欲知繆成載如何追妻，請看花園系列1633《下堂夫人請留步》

古裝精靈
葉雙
2012年初又一深情獻禮——

花園1663

之一《預留老婆席》

暖昧指數：100%

雖然分開了八年，但他一直深愛著她，
甚至將對她的思念、遐想，全寫進暢銷的小說裡，
沒想到再相見，她竟然忘了他，把他當作陌生人！
好，很好，既然她是他的新編輯，得二十四小時好好伺候他，
他當然時不時作弄她，要她記起他就是她最愛的那個人……

之二《緋聞送作堆》

流言蜚語指數：100%

她沒想過會再遇見他——六年前她告白失敗的暗戀對象，
學長臭屁依舊、毒舌依舊，但她就愛這樣的他，
不過她從不敢妄想兩人有更進一步的可能，
只是身為盡責的記者，她努力想專訪大牌的他，
結果任務尚未達成，她竟莫名和他鬧出緋聞……

之三《同居搞神祕》

保守秘密指數：100%

兩年前他不告而別，不曾捎個訊息給她，她就這樣傻傻等了兩年，
如今他回來了，沒有一句解釋，就想和她恢復戀人關係?!
哼，門兒都沒有！偏偏她心太軟，總是趕不走他，
逼得她謊稱有男朋友，他竟拍胸脯說不怕她「貨比三家」，
他的攻勢讓她快招架不住時，卻發現關於他的驚人祕密……

花園系列 1659

下堂夫君別生氣

作　者—葉雙
發行人—徐肖男
副總編輯—王絮絹
行政副總編輯—黃雅翎
出版社—花園文化事業有限公司
社　址—台北市文山區興隆路二段22巷7弄2號1樓
電　話—（02）2930-1211（代表線）
電　傳—（02）2930-4159
郵　撥—19444630
E-mail—edit@crescent.com.tw
lunate@ms24.hinet.net
網　址—http://www.crescent.com.tw
總經銷—功倍實業有限公司
地　址—新北市三重區中興北街44號5樓
電　話—（02）2999-0023
電　傳—（02）8511-2032
香港總經銷—全力圖書有限公司
地　址—香港新界葵涌打磚坪街49-53號華基工業大廈2期10樓D室
電　話—（852）2494-7282
電　傳—（852）2494-7609
初　版—2012年3月

國際書碼 ◎ ISBN 978-986-242-514-5
Printed in Taiwan
定　價：新台幣190元
（本書遇有缺頁、破損倒裝，請寄回更換）

每一次的浪漫纏綿都是通往幸福的祕密入口
嗅了愛情、賞了愛情、聆聽了愛情之後
不妨在這個後花園裡回味、回想、回眸
等待下一個繁花似錦的璀璨風華

新月家族會員基本資料欄

姓名\ 性別\ □女 □男
生日\ 年 月 日 教育程度\
身分證字號\ （加入會員者必填，此即為你的帳號！）
職業\ 電話\
地址\

E-Mail\

無可否認愛情有時使人盲目，讓有情人看不清你的臉，
請發聲，我們想知道你的位置。
http://www.crescent.com.tw

請沿虛線剪下，直接投遞〔不必貼郵票，謝謝！〕

讀者回函 >>>

· 你與這段愛情故事是怎麼開始的？

你所買的書 ________，是 ________ 系列，作者是 ________

因為：□租書店、親朋好友的口碑推薦 □我是作者的忠實fans □新書預告的宣傳 □封面深深吸引我 □海報強力宣傳 □電子報或網站介紹 □其實是因為 ________

· 我們知道你對這本書愛不釋手，請問你是看上了它哪幾點？

□封面的人兒美的美、帥的帥 □封底文案讓我一見傾心 □書名有創意 □內頁編排很舒服 □花絮真是畫龍點睛 □故事題材、內容我甲意 □莫名的喜歡，我想是因為 ________

· 如果它不是一百分，它還有哪一點需要再加油的？

□封面的人要去整型啦 □封底文案我哩咧 □故事內容用點心好不好 □題材很老套 □書名像株不起眼的壁花 □內頁編排很傷眼睛 □花絮很無聊 □就是覺得怪怪的，我想是因為 ________

· 請將你喜歡的愛情故事類型寫出來，我們就寫給你看！

□纏綿激情（十八禁） □輕鬆有趣 □揪心騙淚的 □清純討喜 □創意十足的 □葷素不拘，好看就好 □大家都是一家人的系列書 □另外，我較喜歡的是 ________

· 順便告訴我們你還喜歡哪些作者吧：________、________、________

· 最後，我還想說 ________

全民大普查 >>>

· 請問你知道草莓妹是誰嗎？ □是 □否 □不太確定

承上，是否知道草莓妹與新月的關係？ □是 □否 □不太確定

· 是否覺得草莓妹的人物形象很可愛，能吸引你的目光？

□很可愛 □普通而已 □一點都不可愛 □沒什麼特別感覺

· 是否希望能看到多一點草莓妹的漫畫？ □是 □否 □都可以

承上，對哪類題材較有興趣？（可複選）

□青春戀情 □校園趣事 □溫馨家庭 □友情萬歲 □都喜歡 □其他 ____________

承上，希望在哪裡看見？（可複選）

□小說 □新月風 □試讀本 □電子報 □部落格 □其他 ____________

· 請問你會想要收藏哪些草莓妹相關商品？

□書卡／籤 □文具用品 □杯墊 □萬用束口袋 □胸章 □精美筆記本

□撲克牌／塔羅牌 □年曆 □海報 □繪本／圖文書 □其他 ____________

· 對草莓妹的建議……

____

（請沿此虛線折疊後郵寄）

廣告回信免貼郵票
台灣北區郵政管理局登記證
北台字第14266號

花園文化事業有限公司 收

（116）台北市文山區興隆路2段22巷7弄2號1F

地址：

姓名：